U0565847

礼平
小传

礼平,本名刘辉宣,籍贯四川,一九四八年生于战争中的张家口。一九五二年随军队迁居北京,曾就读于华北军区八一学校。一九六五年考入北京四中,在那里经历了"文化大革命"。一九六九年入伍,在北海舰队服役,历任战士、侦察兵、炊事员、文书、排长、干事。一九七六年于服役期间写出"文革"题材的小说《晚霞消失的时候》,一九八〇年发表于《十月》文学杂志,同年转业离开军队。

这部小说在当时特殊的历史背景下曾引起较大争论,多次再版、转载,并被收入各种作品集。在国外有英、德文的译本。此后作者又写过一些作品,如小说《走过群山》《无风的山谷》《小站的黄昏》《海蚀的崖》,电影剧本《含风殿》等,并有获奖,但与《晚霞消失的时候》相较,总体乏善可陈。此后淡出文坛,再无重要作品发表。二〇〇六年于鲁迅文学院退休,曾获高级职称。

据与礼平关系较密切的人士介绍,礼平晚年的兴趣转向数学。余况不详。

晚霞消失的时候

WAN XIA XIAO SHI DE SHI HOU

礼平 著

百年中篇小说名家经典

BAINIAN
ZHONGPIAN
XIAOSHUO
MINGJIA JINGDIAN

总主编 何向阳

本册主编 孟繁华

河南文艺出版社
·郑州·

一种文体与
一百年的民族记忆

何向阳 （丛书总主编）

　　自20世纪初，确切地说，自1918年4月以鲁迅《狂人日记》为标志的第一部白话小说的诞生伊始，新文学迄今已走过了百年的历史。百年的历史相对于古老的中国而言算不上悠久，但20世纪初到21世纪初这个一百年的文化思想的变化却是翻天覆地的，而记载这翻天覆地之巨变的，文学功莫大焉。作为一个民族的情感、思想、心灵的记录，从小处说起的小说，可能比之任何别的文体，或者其他样式的主观叙述与历史追忆，都更真切真实。将这一百年的经典小说挑选出来，放在一起，或可看到一个民族的心性的发展，而那可能被时间与事件遮盖的深层的民族心灵的密码，在这样一种系统的阅读中，也会清晰地得到揭示。

所需的仍是那份耐心。如鲁迅在近百年前对阿Q的抽丝剥茧，萧红对生死场的深观内视，这样的作家的耐心，成就了我们今天的回顾与判断，使我们——作为这一古老民族的每一个个体，都能找到那个线头，并警觉于我们的某种性格缺陷，同时也不忘我们的辉煌的来路和伟大的祖先。

来路是如此重要，以至小说除了是个人技艺的展示之外，更大一部分是它对社会人众的灵魂的素描，如果没有鲁迅，仍在阿Q精神中生活也不同程度带有阿Q相的我们，可能会失去或推迟认识自己的另一面的机会，当然，如果没有鲁迅之后的一代代作家对人的观察和省思，我们生活其中而不自知的日子也许更少苦恼但终是离麻木更近，是这些作家把先知的写下来给我们看，提示我们这是一种人生，但也还有另一种人生，不一样的，可以去尝试，可以去追寻，这是小说更重要的功能，是文学家个人通过文字传达、建构并最终必然参与到的民族思想再造的部分。

我们从这优秀者中先选取百位。他们的目光是不同的,但都是独特的。一百年,一百位作家,每位作家出版一部代表作品。百人百部百年,是今天的我们对百年前开始的新文化运动的一份特别的纪念。

而之所以选取中篇小说这样一种文体,也是出于这个原因。

中篇小说,只是一种称谓,其篇幅介于长篇小说和短篇小说之间,长篇的体积更大,短篇好似又不足以支撑,而介于两者之间的中篇小说兼具长篇的社会学容量与短篇的技艺表达,虽然这种文体的命名只是在20世纪的七八十年代才明确出现,但三四十年间发展迅速,其中的优秀作品在不同时期或年份涵盖长、短篇而代表了小说甚至文学的高峰,比如路遥的《人生》、张承志的《北方的河》、莫言的《透明的红萝卜》、韩少功的《爸爸爸》、王安忆的《小鲍庄》、铁凝的《永远有多远》等等,不胜枚举。我曾在一篇言及年度小说的序文中讲到一个观点,小说是留给后来者的"考古学",

它面对的不是土层和古物，但发掘的工作更加艰巨，因为它面对的是一个民族的精神最深层的奥秘，作家这个田野考察者，交给我们的他的个人的报告，不啻是一份份关于民族心灵潜行的记录，而有一天，把这些"报告"收集起来的我们会发现，它是一份长长的报告，在报告的封面上应写着"一个民族的精神考古"。

一百年在人类历史上不过白驹过隙，何况是刚刚挣得名分的中篇小说文体——国际通用的是小说只有长、短篇之分，并无中篇的命名，而新文化运动伊始直至70年代早期，中篇小说的概念一直未得到强化，需要说明的是，这给我们今天的编选带来了困难，所以在新文学的现代部分以及当代部分的前半段，我们选取了篇幅较短篇稍长又不足长篇的小说，譬如鲁迅的《祝福》《孤独者》，它们的篇幅长度虽不及《阿Q正传》，但较之鲁迅自己的其他小说已是长的了。其他的现代时期作家的小说选取同理。所以在编选中我也曾想，命名"中篇小说名家经典"是否足以囊括，或者不如叫作"百年百人百部小说"，但如此称谓又是对短篇小说的掩埋和对长篇小说的漠视，还是点出

"中篇"为好。命名之事，本是予实之名，世间之事，也是先有实后有名，文学亦然。较之它所提供的人性含量而言，对之命名得是否妥帖则已显得不那么重要了。

值此新文化运动一百年之际，向这一百年来通过文学的表达探索民族深层精神的中国作家们致敬。因有你们的记述，这一百年留下的痕迹会有所不同。

感谢河南文艺出版社，感动我的还有他们的敬业和坚持。在出版业不免受利益驱动的今天，他们的眼光和气魄有所不同。

2017 年 5 月 29 日　郑州

目录

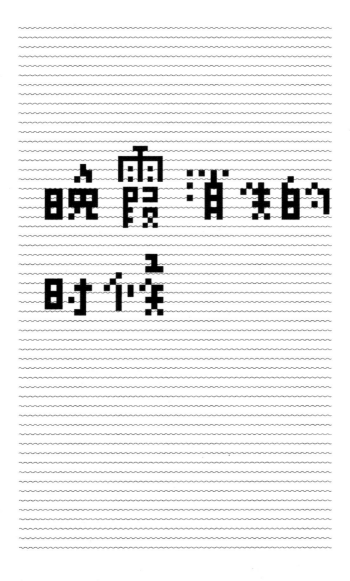

晚霞消失的时候

楔子

谁都有自己的经历。这些经历弥漫在生活的岁月中，常常被自己看得杂乱无章而又平淡无奇。但是，岁月流年，当你在多少年后又回过头来看这些已经淡漠的往事时，你也许会突然发现，你早已在自己的人生中留下了一个动人心弦的故事。

难道不是这样吗？多少人都是这样写出了，或者希望写出关于他们自己的小说。

我的经历也是这样的。在我的少年时代，我也和千千万万的普通少年一样，生活中充满了各种各样不值得那样欢乐的欢乐和不值得那样忧虑的忧虑。可是由于我竟生活在这样一个时代，我就有机会在自己的人生中留下了一段我永远也不能忘怀的往事。虽然我知道，我过去的生活平凡、平庸，而又平淡，但是我的故事中那些不平常的人物，却使我在想起他们的时候心情永远也无法平静。

下面，我就要来讲它了。当然，正像一切人的经历在被写成小说时都不可避免的那样，它的某些情节已不再真实。

然而这故事的逻辑却是真实的。 这样的事情，曾经发生并现正发生在人间的各个角落，而且只要这个纷纷攘攘的世界还没有毁灭，这部跟跟跄跄的历史还没有了结，这样的事情就还会发生在许多人的身边。

拭目以待吧，朋友，假如你能明白这故事的逻辑，并且能从前人的蹉跎与坎坷中找到善处它的方法，那么当这样的事情终于也来到你生活中的时候，你不知会免去多少你能够免去的痛苦，更不知会得到多少你应该得到的幸福……

第一章　春

在春暖花开的时候，少年的梦，总是非常的香甜、深沉。 在我的故事开始的那天早晨，我也曾经做过这样一个梦。 我不能说，那神奇美妙的梦境与我后来的经历有什么联系，然而梦是这样一种东西：它好像没有发生过，又好像确实发生过；它不是你命运中任何事件的原因，却常常导致你的生活中发生些什么。 所以我不能忘记那个梦。 而且，至今我都常常怀疑：梦，乃至一切虚假空幻的东西，对于人的生活是否真的那样无足轻重？

那天晚上，宁静的月光从玻璃窗外洒进房间，照得遍地清辉如水。 窗外那清新的月色使人神清气爽，睡意全消。于是我从床上坐起来，悠然走出门外，踏进了无边无际的原野。 一条洒满月光的小路，正舒展着长长的身躯，指向远方的群山。 夜晚的凉风，从原野上轻轻吹来，遍地的鲜花在月色中拂动。 天空中，烟波浩渺的银河从天幕的这一端流到另一端。 明镜般的月亮高高悬挂在宇宙深处，从那里发出美丽的光辉。 我步履飘然地踏上了那条小路，竟来到了一个神话般美丽的地方。

这是一个月夜的山谷，无数黑色的山峰高高地矗立在星光灿烂的夜空中，从四面八方把夜空围成一个镶有镂空花边的巨大的深蓝色玻璃盘。 在山谷深处，一片明净的小湖静静地躺在群山的怀抱中，像是在微憩，又像是在沉睡。 天空中，浩繁的星河和黑黝黝的峰尖倒映在湖水深处，在微风吹起的阵阵涟漪中抖动。

当我的脚步踏上湖岸的时候，我身边的花草丛中突然惊起一大片五彩缤纷的蝴蝶。 它们忽地纷飞四散，又聚拢起来，随着一阵轻风飘向湖面，在那里闪起一大片光辉！

我被这奇异的景象惊呆了。

那些令人目眩的蝴蝶开始莫名其妙地迎风起舞。 忽然，它们成群地飘落湖面，无声无息地沉入水底。 一瞬间，它们又飞出清波，直上夜空，在银河与繁星间闪烁。 当它们在远处飘舞的时候，纷纷然就像是一片飞舞的火星。 而当轻风卷着它们从我身边群飞而过的时候，又像是流过千万朵燃烧着的火焰，同时满空中都是金属碰撞的轻微响声。

这一切简直是一场神秘的魔术表演，把我的整个心灵都迷住了。 于是我鼓起勇气，怀着一颗孩子的激动的心，冲着湖面，冲着山谷大声喊了起来：

"喂！ 这是什么地方？ ——"

我的声音振动着那些飞舞的金翅，荡过湖面，消失在对岸的丛林中。

美丽的山峰静静地矗立着。 蝴蝶仍在神秘地飞舞。 湖水与山林一片寂静。

我开始怀着巨大的好奇心在湖岸上徘徊。 就在这个时候，从对岸我声音消失的地方，又开始隐隐响起一阵轻柔缥缈的歌声。 这歌声在微风中抖动着，由小而大，渐渐传遍整个湖面和山谷。 在这安详的夜色中，那歌声显得十分遥远而清晰，那抑扬宛转的旋律，显然是由一阕美妙而高深的歌词驾驭着的，然而我却一个字也无法听清。 我努力向着歌声响起的地方望去，只见在那边山脚的林木中，正泛起一片微明。

我断定，那歌声一定便是这片山林湖谷的主人，并且一定就是这一切奇妙景象的操纵者。 于是我拨开遍地的花草，踏着清寒的泥土，毅然决然地沿着湖岸向那歌声响起的地方走去……

然而正当我努力要在那浓密的天涯芳草中寻找到一条通道的时候，似乎是从天外传来的一个熟悉而亲切的声音在我耳边响了起来。 同时我的身体受到一阵摇撼。

"快起床吧，看都什么时候了？"

　　梦中的山林湖水和蝴蝶歌声顿时飞散得无影无踪。我使劲儿睁开眼睛，醒了。

　　晨光透过长长的窗帘，在房间里洒满柔和的光线，天已经这样亮了。我一挺身，从床上坐了起来。

　　"快点起来吧，孩子，你爸爸都起来很久了。"妈妈一边说着，一边走到窗前哗哗地拉开了窗帘。清晨的阳光，顿时满屋子倾泻开来。妈妈摸摸我的头，指指客厅，示意我小心再挨爸爸的训，便微微一笑走出了房间。

　　我揉揉惺忪的睡眼，推开窗户，深深吸了一口清凉的空气，顿时睡意全消。

　　窗外，春天的太阳已从山冈上升起，正在城市中数不清的玻璃窗上洒下快乐的金光。漫漫薄雾，正在公园和街道的林木间渐渐消散。柳荫遮蔽的街道上，来来往往的汽车、电车和自行车一闪而过。远处的工厂已经开始升腾起白烟，车间中不断传出金属的碰撞声和汽笛的长鸣。

　　在这个春暖花开的早晨，整个城市已经开始活跃起来。这个世界的又一天生活开始了。对于那时的我来说，这是一种多么美好的生活啊！

　　我站在窗前用力运动了几下双臂，一边心满意足地回想着那令人愉快的梦境，一边开始穿衣服。但是就在这时，客厅里传来爸爸那浓重的江西口音：

　　"看看你桌子上的表！都什么时候了，还在睡觉？简直不像话！"

我赶紧穿好衣服，悄悄溜进盥洗室，心情不像刚才那样欢乐了。

爸爸似乎仍然在生着气。 他很重地放下碗筷，离开了桌子，回到自己房间拿起皮包准备去上班。 但是他走到门口却并未走出去，而是隔着走廊冲我大声问了起来：

"喂！ 你今天要不要跟我的车一起走？"

我却吓坏了。

今天是他那个兵种的联合演习，他一早要赶到现场去，正好路过我们中学。 本来，坐爸爸的汽车走上一段是件很美的事，这样的事在我考上中学后简直还没有过。 可是由于昨天晚上刚刚挨过爸爸的训，所以我今天真怕坐到他的车里去。

"不要，我得先上公园……"我连忙回答，但马上就知道这句话又答错了。

"又去玩吗！"果然，爸爸生气地把门砰的一声重新关上了。

"不，我每天都要去那里温功课的。"我打着满脸的肥皂，俯在洗脸池上怯生生地说。

爸爸的脚步声向盥洗室走来。 我的心跳得厉害起来了。

门口出现了爸爸威严的身影。 他那身笔挺的军装今天真有点吓人。 我接着哗哗的水，拼命冲着脸上的泡沫，尽量不去看他。

"骑车子去吗？"爸爸站在我身后，声音温和了一些。

"嗯。"

"时间够吗?"

"嗯。"

"光知道嗯!"爸爸没好气地说了一句,把一件硬东西"哐啷"一声放在了镜台上。"上课不许迟到!"说罢,转身走了。

走廊里传来爸爸下楼梯的声音,随着汽车门在院子里"嘭"的一声关上,一阵马达声很快远去了。

我松了一口气,擦干脸上的水珠抬起头。 这时我发现,爸爸把他的手表给我留在镜台上了。

一阵感激和轻松,欢乐重新回到我的心头。 我高高兴兴地抓起爸爸的大手表,松松垮垮地往手腕上一套,然后把毛巾丢在洗脸池里,飞快地跑回自己的房间,把课本、作业和文具收进书包,抓起来就跑。 经过客厅时,见爸爸没吃完的早点还放在桌上,于是把它们统统塞进书包,端起盛粥的小锅匆忙喝了几口。

这些举动被正准备上班去的妈妈看到了。 她一边收拾文件,一边冲我喊道:

"又吃剩饭! 你的饭在厨房里,自己去端!"

"不用,来不及啦!"我丢下粥锅,拉开门就往楼下跑。

"你就那么忙吗?"妈妈嗔怪地叫道,"吃饭都顾不得啦?"

这时我已经从楼梯底下推出自行车,跨上一条腿,冲着楼上喊道："妈妈，帮我把被子收拾一下！"

"像什么话，懒死了！"

"就这一回！"说完，我不再理会妈妈的抱怨，使劲蹬动车子，就像出窝的燕子，一溜烟飞出了院门。

大街上，朝阳明媚，晨风清凉。我骑着车子，卷在上班人流的潮水中，沿着干净整洁的街道一直向公园飞去。

在这个公园的山后，有一片浓密的树林。每到春天，当千树竞发、万木吐翠的时候，这里便空气清新，生机勃勃。高大的树木遮挡着阳光，在林中投下大片的阴影。遍地新发的青草就像是崭新的绿毯，积年的腐叶和潮湿的泥土被覆盖在下面，散发出阵阵清香。

就在这片浓密的树林中间，有一块绿草如茵的空地，那里有一座不知道是哪个朝代修下的石筑高台。这座高台已经颓败了，四面的砖壁上长着灌木和青松，台顶上，汉白玉石的栏杆已经残缺不全。巨大的铺地青砖也破碎了。碎砖乱石中，长满了青苔绿草和星星点点的黄色或紫色的小花。在石台的侧面，有一条倾斜的台阶直通高高的台顶。

我骑着车子飞快地来到公园后门，存下车子便沿着弯弯曲曲的公园小径直奔这里的山后密林。当我终于钻进这片空地，大步登上台顶，并坐在石栏杆上以后，快跑后的喘息和心跳很久才平息下来。

我环顾了一下四周，林中一片寂静。除了栏杆外面的青松伸出枝梢，在晨风中轻微地晃动外，一点声响也没有。

我打开书包，一边掏出点心啃着，一边拿出我今天早上必须温习的俄文课本。我皱着眉头翻了翻这门我最讨厌的功课，一种无可奈何的情绪顿时涌上心头。我不禁深深地叹了一口气，昨天晚上在我房间里发生的情景，又浮现在了眼前……

"你把这一课给我背出来。"

爸爸此刻正和妈妈一起坐在我的桌子前面，手里拿着我的这本俄文书。由于背向着台灯，他们的脸都很暗。

我规规矩矩地坐在床沿上，应付着这场不曾提防的考试。说实话，我根本无法把它背下来，因为那根本不是我们的作业。但爸爸向来是严厉的，在这种时候不容我不强打精神。于是我硬着头皮去背他随意拣出来的那段课文。倒霉的是，他偏偏选了一段最难的。我只好尽量背得快一些，管它对不对，只要显得熟练就有可能混过去。可当我叽里呱啦地背完了以后，爸爸却摇了摇头：

"不对，许多地方都错了。"

"没错吧？"我试探地看着爸爸的脸。

"我说错了，就是错了。"他在暗影里用严厉的目光瞪着我，"你自己看看吧，这里，这里，都错了。还有这里，落下整整一句。"

"这里也错了。"妈妈也指出一处，并重复了正确的读法。

这可真糟糕。 三十年前，他们都在苏联学习过，这点俄文当然难不住他们。 我的脸红了。

"一个学生，不老老实实地掌握功课，投机取巧，这叫什么态度？"爸爸声色俱厉地说着，好像我是一个只知淘气的糟糕透顶的学生一样。 这真使我委屈。

"爸爸！ 在学校里我的各门功课都是很好的，就是俄文我实在受不了。 它实在太枯燥了。"我为自己争辩起来。

本来嘛，我在学校里各门功课都学得不错，但就是这个俄语我实在不喜欢。 去年考试，我破天荒第一次闹了个不及格，这一下就坏了，爸爸开始对我变得越来越严厉了。

"在你的成绩单上写着一门不及格，能说明你学得不错吗？"爸爸用手指头敲着书。

"我根本就没指望它及格。 学这玩意儿有什么用？ 将来我一不想当翻译，二不想出国……"

"有什么用？"爸爸奇怪地看了妈妈一眼，"你看这样的问题有多奇怪！"

妈妈笑笑没说什么。 她显然并不觉得这有什么特别奇怪的。 她只不过希望我将每一门功课都学得不错就是了。

"我问你，"爸爸合上书放在膝盖上，"在我们的部队里，战士们天天都要出操。 可是齐步走和立正在作战中有什么用？ 难道有一个士兵会提出这样的问题吗？"

我不说话。 但我心里认为这完全是另一码事。

"谁也不能提这样愚蠢的问题。"爸爸继续说，"因为每一个军人都晓得，军队必须具备严格的纪律才能作战。而纪律在战争中不是一种手段，而是一种素质。你记住，是素质！一种素质比一百种手段都重要。那么，你们做学生的是否也需要一种素质呢？需要的。这种素质就是善于学习，善于记忆，善于思考。要知道学校里开了这样多的课程，并不仅仅是为了教给你们那些专门知识，不，这种全面的学习还在于培养你们一种善于学习的能力。善于学习，你懂吗？如果你能学到这一条，天下的本事都是你的！"

他说着，一根竖起的指头还在空中一挥，好像天下的本事都在这根指头上拴着，他想丢给谁就丢给谁似的。

"不错，你今天学的东西将来并不一定都会用得着。但是，我的孩子，你又怎么能知道你将来用得着什么，用不着什么呢？人是无法事先挑着有用的东西去学的。书到用时方恨少，学任何东西都不会多余！"

"孩子，你爸爸说得对。我们从前也学了很久俄语，到后来几乎一点也没用。但是那种学习却开阔了我们的眼界。它的好处现在我们还能感觉得到。"

爸爸对妈妈的插话很满意，向她点了点头。

"妈妈，我根本办不到！"我叫了起来，"没有兴趣的事我得花十倍的力气去做它。您不知道为了这门倒霉的俄语我熬了多少夜了。今年市教育局难得举行的数学竞赛，我没有能得奖，就是死抠了俄语的过……"

"糊涂！"爸爸把书啪的一声放在桌子上，发火了，"我不要你去争什么竞赛，我要你的知识全面发展，我要你完成党交给你的所有学业！ 什么兴趣？ 那是你学习的出发点吗？ 年纪不小啦，孩子，不是你抱着木头枪趴在泥巴里玩打仗把戏的时候了！"

爸爸把手撑在膝盖上，摆着威严的架势。 我再也不说话了。

桌上的小闹钟嘀嘀嗒嗒地走着。 渐渐地，爸爸的声音遥远了，变得模糊起来，直到妈妈说"孩子已经困了，别再难为他了"，爸爸才愤然离去……

我坐在石栏杆上，轻轻叹了一口气："唉，还得温它呀！"

我拍拍手上的点心渣，收敛起那种无可奈何的心情，无精打采地翻到了昨天的那篇课文。

这是一篇糟糕透顶的课文，全课一句吸引人的话也没有，又那样长，简直没意思透了。 我草草看了一遍，打算把它背下来，但是不行，心里好像总有点不太踏实。 于是我又看了一遍。 果然，几个嬉皮笑脸的单词藏在字里行间，正狡猾地冲着我挤眉弄眼。 我使了使劲，努力把它们的面目记住了。

可是当我再一次准备去背它们的时候，却被一种什么声音吸引住了。 我的心不禁一动。

这声音很轻，但是也很近，好像就在高台的下面。 我仔细听了听，似乎是有人在下面读着什么。

"怎么，这里已经有人了？"对于有人闯进这片寂静的小领地，我心中感到几分不快。 但是当我仔细地听了听以后，马上听出下面是一个女孩子也在念外文！ 我的心一下子慌了。 我悄悄跳下石栏，轻手轻脚走过去，用手指顶着栏杆向下面望去，马上就发现了这个"入侵者"。 那是一个穿着淡蓝色外衣和浅灰色长裤的女孩子。 她正横坐在一尊张牙舞爪的青灰色石兽的背上，聚精会神地读着一本厚厚的外文书。因为她低着头，所以我完全看不清她的脸，只能看到她那不算长的双辫搭在肩后，再就是那白色的衬衫领口清晰可见。这个女孩子悠然自得地读着，一边读一边还不停地来回晃动着两条长长伸出去的腿，根本不会想到附近早已有了人。 天晓得她是什么时候跑进来的。

此刻，几束阳光挤进树叶的缝隙，正倾泻在她周围的草地上。 这个神态安详的女孩子和那尊昂首怒目的狰狞石兽，坐落在一片青翠之中，构成了一幅十分美妙而恬静的图画。我退回来，心中茫然了。

我该怎么办？ 溜掉？ 去路已被她挡住了。 从后边跳下去？ 又太危险。 悄悄地猫在这里？ 可躲在一个女孩子附近偷听人家读书算怎么回事呢！ 要不，读我自己的？ 唉，那可不行，我这蹩脚的俄语叫她听到会笑掉牙的——我可领教过这些女孩子的厉害。 有时你要是什么事没弄好，一个女孩子的嘲笑比一班男生的起哄还叫人难堪呢！ 我真有些打不定主意了。

下面的朗读声断断续续地传上来。 很快我便听出那不是俄文而是英文。 由于平时接触的读物趣味迥异，所以我对英文的兴趣反而更浓一些。 但我从未发现我竟能从别人的朗读中听出一些单词和短语来。 于是我一边在肚子里打着主意，一边怀着几分好奇听了起来。

她在下面念出一个长句，我听出有一个词是"王冠"。 记得在和一个同学聊天中偶然讲到它，我一下子就记住了。 但她那句的完整意思我听不懂。

她又一口气念了一个整段。 由于她读得太快，我只听出最后一个词是"命运"。 但是前面那个词缀我没听清，所以弄不清是个好的命运还是个糟的命运。

她念得简直太棒了。 又有一个清晰的词是我非常熟悉的，但一时又忘了。 我咬着嘴唇想了半天，终于想起了那句欧洲名言："彼以剑锋创其始者，我将以笔锋竟其业"。 这句话大概与拿破仑有关。 她念的那个词正是"宝剑"。

王冠？ ……命运？ ……宝剑？ ……

她念的究竟是什么呢？ 我不禁被吸引住了。 那一连串和谐的元音还说明这是一首长诗。 随后她又断断续续用中文读了一些部分，这让我听到了一些宫廷谋杀和贵族决斗的内容，所以那一定是一篇非常精彩的古典故事。 这可真使我大大地嫉妒了起来，因为我这个蹩脚的俄文学生要听懂它是无论如何不可能的。

　　"反正我听不懂！"我这样想着，低头看看手中那本露着一副苦相的俄文课本，开始想到我的功课了。　是啊，人家倒是念得津津有味，可我总不能叫她给困在这里不得脱身啊！

　　真是"情急生智"，我考虑了半天，终于想出了一个办法：将她轰走！　我想，只要我突然发出一阵大喊大叫，她一定会吓得赶紧离开的。　我自信很了解那些胆小的女孩子，只要你显得蛮不讲理，她们便会忙不迭地逃得不知去向。

　　主意一定，心里就踏实多了。　我又反复这样想了想，觉得这样十分妥当，于是我憋足了一口气，冲着天上，冲着半空中那根倒挂的藤萝，突然发出一连串的大叫。　这叫声是这样响，把我自己都吓了一跳。　我从来也没有这样念过外文，而这样的大喊大叫一经开始就再也无法收住了。　那一连串的俄语单词，就像是被轰出笼子的鸡一样，叫着，扑打着，乱七八糟地飞向空中！

　　我紧张得心都不跳了。　偏偏这个时候，一个突然忘掉的单词卡住了这场热闹。

　　"该死！"我暗暗骂了一句。　但"急中生智"又一次救了我。　我把一个现成的短句送了出去，立即把这一串叫破天的外国话结束了。　那句和课文毫不相干的短句实际上是："滚开，女学生！"

　　树林中突然陷入一片寂静。　高台下面更是静得出奇。这林子好像突然受到了一阵暴雨的洗劫，一切都被冲刷得干干净净，什么也没有了。

　　下面那个女孩子大概是被这突如其来的袭击吓坏了，竟好半天没有响动。 而我这时也是连大气也不敢出了。

　　好久，下面的铅笔盒在书包中哗地响了一下，同时听到那个女孩子轻轻跳下草地的声音。 但随后而来的不是匆忙的急跑，而是一阵稳稳当当的脚步声沿着那道台阶走了上来。

　　脚步声越来越近。 我屏住了呼吸。

　　台阶口那里很快露出了一个女孩子好奇张望的脸庞，随后是双肩、上胸、半腰、全身。 当一个女孩子完完全全走上台顶，并端端正正地站在台阶口的时候，我才猛地省悟过来：人家没有逃走，而是找上来了。

　　我警惕地从栏杆上面滑下来："干什么？"

　　"不干什么。"对方平静地回答。

　　"不干什么你为什么上来了？"

　　"看看不行吗？"

　　"看看？ 这儿有什么好看的？"

　　"想看看。"

　　"那你看吧。 ——真讨厌！"我嘟哝着转过身去。

　　可是她突然在我背后笑起来，好像挺快活似的向我说："我听出来，刚才你有一句话说错了。"

　　"什么？"我腾地跳起来，简直不相信自己的耳朵。 我长这样大，从来就不曾有一个女孩子敢在离我这样近的面前向我说："你错了！"

我不禁仔细打量了一下对方。

这是一个挺清秀的女孩子，她的眉毛又细又长，一双眸子简直黑极了。她把头发大大方方地拢在耳后，露着聪颖的前额，显得神清气爽。此刻，她正用几分好奇的眼神看着我，好像我不是一个随时都会向她发火的男孩子，而是一只和和气气的大熊猫一样。这样的打量真使我格外恼火。

"错了？哪儿错了！"

"俄文的'离开'，你是怎么说的？"她认认真真地问道，连眼睫毛都不眨一下，"你用的是命令式。那不是叫人家滚开吗？"

"滚开？我没那个意思。"

"那你是什么意思呀？"

"我又没说你！"

"那你是在说谁呀？"

"我，我爱怎么说就怎么说——我温功课哪！"我气得脸上发烧。

"'滚开，女学生'也是你的功课？"她竟毫不退让。

叫一个女孩子追问成这样成何体统。我气得叫起来："天哪，哪儿冒出你这么个宝贝来？咱们谁也不要打扰谁好不好？"我知道我已经窘极了。

"哟！我以为这个高高在上的人多凶呢。原来也会叫天哪！"她快活地大笑起来，又尖又脆的笑声震得树叶沙沙响。她显然对自己这调皮的玩笑得意极了。

"哼！ 岂有此理！"我瞪了她一眼，对这个又活泼又大胆的女孩子毫无办法。

"岂有此理？ 你叫人家滚开岂有多少理？"她仍然笑容可掬地看着我，嘴里可是一点台阶也不给我下。

"讨厌，简直是讨厌得要命！"我狠狠地白了她一眼，转身就去拿我的书包。 这场亏只能吃到这里为止了，我必须赶快脱身走掉才行。 但就在这时我大难临头了。 由于气急败坏，我跨出去的脚投错了方向，竟对着石栏杆的一处缺口迈了出去！

那个女孩子立即就发现了危险，脸色刹那间大变。 她猛地扬起手惊呼了一声"小心！"便不顾一切地冲上来拉我。可是已经完全来不及了。 我虽然赶紧收住了脚，身体重心却已经完全移到高台的边缘外面去了。 我的手臂徒劳地在空中划了两下，整个身体便迅速向外倒下去。

那个女孩子冲上来，一把抓住了我的后衣襟，而这是一个相当危险的动作：这会使我们一起摔下去。

但是正像许多人在猝然发生的危险中都常会有的那样，当时我还来不及惊慌。 对于这场危险的恐惧差不多是过了好几天以后才笼罩了我的心头的。 在那个间不容发的刹那，我只是飞快地判断了一下眼前的环境，便使劲挣开她的手，对准了台壁上一根粗壮的松枝，两脚用力一蹬，扑了出去。

身后传来一声悲惨的惊呼，但是我成功了。 这决定性的一跃，使我准确地抓住了那根松枝，随后便高高地吊在了上面。

我抬起头，看到那个女孩子已经扑到石栏杆上，正惊恐万状地探出身子，向下面的草地上寻找已经摔得半死的我。当她终于在松枝间发现我已平安地吊在这根救命的"单杠"上晃来晃去时，不禁"呀"地长舒了一口气，筋疲力尽地一下子靠在了栏杆上。

"真吓死人了！"她万分庆幸地说了一句，便用力伸下手来，"拉住我！"

"不用，小心你也掉下来！"我咬着牙，双臂一收，一侧身坐上了树杈。然后又攀住砖缝，登上台壁，翻过栏杆重新回到了台顶上。直到这时，我才意识到我是从一种多么危险的灾难中幸存了下来。

这时，那个女孩子站在我面前，使劲儿绞着双手，两眼万分抱歉地看着我，似乎这一切过错都是她给我带来的。我则尽量不去看她，努力显得满不在乎地拍去了手上和裤子上的灰尘。我知道，经过了这场不大可也不小的变故，我刚才的窘态早已飞出九霄云外，现在该轮到她为难了。

"我……"她似乎在犹豫着该说些什么，但突然想起似的把我上下打量了一下："啊，没有伤着吧？"

"没有。"我的心已经开始后怕得咚咚跳。

"真危险。要不是那根树杈，结果真不堪设想！"

"哼，起码摔个半死！"

"这都是我惹的祸。我，我真不知该怎么向你道歉才好!"她倒并没有犹豫多久,就直截了当地表示了在一个女孩子来说是多么难言的歉意。 我不禁看了她一眼。 只见她脸上正露着一般女孩子很少有的那么一种坦率而诚恳的神情。 我的心一下子被感动了。

"没关系,又不怪你。"这不但是表示宽容,也是表示镇静。 其实本来也不能怪她。

"万一你摔下去,那我一个人真是一点办法也没有了!"

"那只好听天由命了! ——这个鬼地方,真他妈……"话一出口,我马上意识到又要坏了,脸不禁红了起来。 不过她似乎并未在意。"反正只要有个什么东西,我总能抓住的。"我说。 这可有几分吹牛,因为刚才那根树枝再稍微远一点我就完了。

"这我看得出来,"她宽慰地笑笑,"你刚才并没有慌,一点也没慌。 如果你挣扎着不下去,那一定坏了。 可你竟一不做二不休地跳了下去。 我还以为你想寻死呢!"

我开心地大笑起来:"是吗? 我真像一个跳崖寻死的吗?"

"那倒不像! 倒是……"她咬着嘴唇想了一下,便笑着说,"倒像是一头扑出去的豹子。"

豹子! 这可真叫我喜出望外,因为这恰恰是我十分喜爱的一种身手矫捷的猛兽。 看来,刚才我就是以这样一个形象从她的视线中消失的。 这无疑给她留下了非常深的印象。从她那惊恐犹存的钦羡神情中,我知道我已经在这个陌生的女孩子眼中一下子变成了一位凯旋的英雄。 我不禁万分得意地晃了晃脑袋：

"只要摔不断脊梁，我倒愿意当个豹子。 不过那根树杈，我是死活再也不上去了。"

这句话终于逗得她和我一样地大笑起来。 我们那愉快的、毫无顾忌的笑声互相交织在一起，震动了整个树林，直到今天还在我的心头回荡。

然而她似乎一直在想着一个我极力想避开的话题：当一切误会和意外都消除了以后，她显然在打算向我告辞了。

"你知道刚才我为什么上来吗？"她问。

"不是因为我叫你滚开吗？"我一边笑着回答，一边重新坐到了栏杆上。

"不，我是想上来道个歉的。 因为我一点也不知道这里已经有了人，所以打扰了你。"

"哪里，你又不是成心的。 再说这地方又不是我的。"

"可是起码我可以不作声。 所以我想道个歉就换个地方，想不到刚说了几句话你就……跳下去了。"

我们又笑了起来。 可是，我能说什么呢？ 此刻，她正亭亭玉立地站在面前等着我的回答，似乎我只要说一声"算啦，没事"，她马上就会很礼貌地告辞，然后转身走掉，从此永远消失在这个世界上。 然而这时，她的出现早已给这片树林带来了一种动人的气息，这是我从来没有感觉过的。 这气息从她身上散发出来，如此强烈地影响着我的心，使我无论是在与她谈笑还是对她假装生气的时候，都怀着一种从未有过的隐隐的激动和欢乐。这种复杂的感觉和心情，在我心中张开了一张无形的网，极力想去遮挡她告辞的路，无论如何也不愿意她这样快就倏然离去。

可是，我能说什么呢？

我无奈地看了她一眼："道歉？不作声？都随便。反正我是看不下去了。"

"怎么啦？"

"热闹了这么半天，你还能看书？"

"真是，我也没心看了。"她想想，自己也笑了。

"你也在温习外语吗？"

"我在看课外书，瞎翻。你呢？"

"我也是，温不温都行。"

"那干脆谁都别温了呗！"

这实际上已经是友好的邀请了。我看看她，她正用征询的眼睛看着我，显然很愿意用聊聊天来消磨这剩下的时间。于是我把课本往书包中一塞，又像赶走什么似的把手一挥：

"对，谁也不温了！"

至此，我们已经获得了彼此充分的谅解，并从心底深处感到在一起谈一谈是件很愉快的事。最初的对立早已冰消冻释。于是，在这片春光明媚的树林中，在这座古老的高台上，我忘掉了手中的功课，忘掉了父亲的责备，忘掉了世界上正在发生的一切，平生第一次和一个少女开始了长谈……

"你也在念外文？"现在，她也坐在了石栏杆上，舒适地靠在雕有小狮子的柱头上。她一只脚低垂在地面，另一只脚勾在它的膝盖后面，使我又想起她坐在下面石兽背上的情景。

"对，我在念俄语。"我答道。

"大概你很不喜欢。"

"你怎么知道？"

"因为你念得不太好。"她还是那么直截了当，批评起人来一点弯子也不绕。我不觉有些不自在。

"这我承认。不过我下定了决心不学好它。"

"为什么？"她对这样的决心显然感到大为惊讶。

"不为什么，就因为它太枯燥！"

"枯燥？我也是学俄文的，可为什么我一点也不觉得枯燥呢？"怪不得她刚才一下子就听出了我轰她走的那句话。

"那我就不知道了。"我说，"反正那些干巴巴的单词真要了我的命。发音又那么难听，读得人舌头都转筋了。我们班的同学都说，俄语是猪话，是赶猪的和猪说的话。"我怀着几分恶作剧的心情，快活地报复起俄语来。

"瞎说！"她气愤地叫起来，连身子都跟着一动。我真怕她会掉下去。可她坐得很稳。"你读过普希金的诗吗？没有？那你去读读吧，你去读读那是什么话吧！我想你会入迷的。"

"真可惜，我一篇也没读过。但我绝不会入迷，更不会神魂颠倒。"

"那么，你知道金鱼和渔夫的故事吗？"

"金鱼和渔夫？"我想起来，这童话是我很小就知道的。我得承认，那的确十分迷人。"那是故事，不是俄语。"我争辩道。

"那是故事，也是俄语。"她不容争辩地肯定了这个结论。 她这样认真地捍卫这样一个题目，使我觉得她简直有些可笑。 但这种感觉马上就被她丰厚的外文知识彻底消除掉了。

她仰起脸略微回忆了一下，开始用流利的俄文为我背诵这首著名的长诗。 这个外文造诣相当深的女孩子在念着那些不朽的诗句时，神情非常专注和严肃，仿佛她注视的不是一片空旷的树林，而是那部俄国童话的一幕幕场景。 我静静地听着。 虽然我不能全部听懂，但那铿锵的节奏和鲜明的韵脚，却在我的听觉上造成了强烈的乐感。 我清清楚楚地听出了两个完全不同的主角在对话：一个是那条美丽的金鱼，一个就是那位诚实而懦弱的老渔夫。 她胸膛深处那感情的回声，将我的心深深地打动了。

"……于是渔夫走向大海，看见海面滚动着黑色的波涛。激怒的海浪在奔驰着、咆哮着。 他开始呼唤。 金鱼向他游来，问道：'您还要什么，老爹爹？''鱼姑娘，做做好事吧。 我怎样才能对付那该死的婆娘？ 她不愿再做地上的女皇，她要做海上的女霸王，要您亲自在海上将她侍奉……'

金鱼什么也不再讲，转身游进深深的大海，尾巴在水中轻轻一摇……"

她译出了这些诗句。 我知道，这一幕已经接近那条金鱼一去不复返的尾声了。

这些诗句，在我面前展开了这部童话的奇丽场面：大海在阳光下闪着金光；海面上翻涌着深蓝色的波涛；海底，是雄伟水宫的尖顶；而在晶莹清澈的海水中，游动着那条美丽而神奇的小金鱼……突然，白浪滔天的海面上乌云密布，沙滩上，孤立着那架曾先后变成过漂亮的木房、富丽的庄园、雄伟的城堡和金碧辉煌的宫殿的小泥棚……

直到现在，我好像才领悟过来，俄语，它根本就不是中学课本中的那些枯燥乏味的东西。 在那广阔的俄罗斯的土地上，它为那个民族哺育了多么富丽堂皇的文学啊！

我望着这个我后来永远也没能完全了解的女孩子，深深地折服了。

现在，我已经清楚地看出来，她完全不是一个泼辣尖刻的女孩子。 她大胆，但这大胆是为一种想了解对方的好奇心所驱使；她活跃，这活跃也同样是受到一种想和对方保持融洽关系的愿望的鼓舞。 而一旦两相投契，她就会以更深的了解来发展她和你的关系。 这时，她听你讲话时会很认真，思索你的问题也会很深沉，而当她自己说的时候，尽管坦率而轻松，但神态中仍会隐隐保持着所有女孩子都会有的那种拘谨。 我头一次在自己的眼睛后面去仔细地观察一个人，而现在，当我这样做了以后，我用一颗少年的心感觉到：我面前的这个女孩子和我见过的一切女孩子都不同。她的学识，她的性情，她的品格，她的一切内在的气质，都比她表现出来的要丰满、充沛得多！

当我想着这些的时候，她已经离开童话世界，迅速回到了我几乎已经忘掉的话题上：

"这难道不是一种最美的语言吗？你们却说它是猪话！我真不明白，你们这些男孩子对什么东西如果不满意，为什么马上就会说出一些那样难听的话来呢？"

想起刚才的事，我哈哈大笑起来："那倒是，骂人在我们简直是家常便饭呢！"

她脸上掠过不满："干吗要这样呢？不是人人都知道这样很不好吗？"

"人人？不，我就认为这很好！"当我明白这个女孩子实际上很老实的时候，天晓得我怎么突然想到要和她开开玩笑。

"好？"她果然睁大了眼睛，"骂人还好吗？"

"究竟又坏在哪里呢？"我反问。

"野蛮。"她斩钉截铁地回答。

"野蛮？你可不知道这点儿野蛮对于一个男孩子多么重要。谁的性格中要是没有几分野蛮，他就是一个软蛋，就别想在大家中间立足。"

"我不信。我不信在你们中间没有友谊，只有强权。"

　　"强权？ 好大的字眼儿！ 如果得不到朋友的钦佩还能有什么友谊？ 不，我说的野蛮是一种强有力的性格，并不见得就是对别人的冒犯。 就说骂人吧，它有时连自卫都不是，因为根本没有对象。 常常有这种事：左右为难的时候，一声'他妈的'就下了决心；遇到挫折，一声'滚他娘的'就把烦恼忘得一干二净；就是吃了天大的亏，拍案而起的一声'混蛋'，也比唉声叹气强得多！"

　　"哟！"她几乎要大笑起来，"骂人还有这么多的优越性？ 可即使在这些事情上，文明点不是更好一些吗？"

　　"这又怎么分得开呢？ 文明和野蛮就像人和影子一样分不开。《奥德赛》和《伊里亚特》你看过吧？"我说的是当时绝少见到的两本书，但是她点了点头，"全部的荷马史诗，都是关于那场远征特洛伊城的战争。 也就是说，在一场最残酷的古代战争中，产生了一部最美丽的古代神话。 它们能分开吗？ 希腊神话是文明的故事还是野蛮的故事？"

　　她的眼睛一亮，显然被一种意想不到的思想触动了，不禁直瞪瞪地望着我。

　　"阿伽门农为了当统帅而将女儿送上了祭坛，希腊人为了夺回一个海伦而将整个特洛伊城夷为平地，连整个奥林匹斯山上的诸神都卷入了人间的这场阴谋与厮杀。 可是人们感到了什么呢？ 怕不是愤怒和不平吧？ 你自以为信奉文明，可你自己又怎么样呢？ 奥德赛在地中海里漂泊十一年才回到故乡，你不是也津津有味地欣赏着他那些数也数不清的苦难吗？　那你的文明又在哪儿呢？"

她被弄迷惑了："……真是，那些故事说起来也够凶残的了，可是却感动了人们三千年。　我们到底是喜欢它的一些什么呢？　人真奇怪：他们常常反对和谴责战争，诅咒它弄死了那样多无辜的人，却又特别爱去描写和颂扬那些将军惊心动魄的功业……人真是太矛盾了。"

我得意地笑起来："矛盾？　矛和盾永远是两件配套的武器，文明和野蛮也永远分不开。　什么东西使人类进入了文明？　铁。　恩格斯说过，冶铁术的发明使人类脱离野蛮状态而进入文明时代。　但铁最初却是用来制造武器的。　而且直到今天，钢铁也仍然是最重要的战略物资。　那么你来说吧，铁究竟是文明的天使呢，还是战争的祸根？"

她咬着嘴唇思索着，不说话了。

今天我不知道是怎么了，竟突然说出了这样一套好像挺有分量的话，并且还把它们发挥得淋漓尽致。　而能在这样一个聪明清秀的女孩子面前大出风头，并显然使她大为钦佩，更使我感到一种难以抑制的得意和高兴。

不过她显然并不以这些似是而非的玄谈为满足，她努力想寻找出最终的答案。　可是她在思索了很久以后，却终于说道："是啊，这是一个无法解决的矛盾。　从前我一直认为，野蛮是人间一切坏事的根源，可是今天，你却向我证明了它可能是好的……"

是的，这是一个无法解决的矛盾。　后来，一直到十五年以后，当我们最后一次见面的时候，我们也没有能够穷究这个囊括了全部人类历史的大题目。

春天的阳光静静地洒在草地上，树林中只有我们两个人的谈笑声在回荡。 时间一点一点地过去了。

我终于注意到了她手上的那本大厚书。

"你刚才在下面念的就是这本书吧？ 可以看看吗？"

她马上从膝盖上拿起它，隔着栏杆递给了我。

这是一本沉甸甸的、装潢十分精美的书。 封皮上方，一圈金色的蔷薇花围着一块半躺的方碑，碑上刻有两行烫金的英文大写字母，我拼出里面有"莎士比亚"的名字。

"莎士比亚的书？"

"莎士比亚戏剧集。"

"真好，"我不禁赞美道，"你刚才在读哪一段？"

"《李尔王》。"

"哦!"我想起我看过这个故事的小人书。

"看过吗？"

"看过。"

"你最喜欢哪个人物？"

"肯特伯爵!"我毫不犹豫地选中了这个忠实的廷臣。他在被放逐海外的时候，仍然念念不忘老国王和小公主的命运，一直使我深受感动。

"考狄利娅呢？"她问的正是那个把父王比作盐的最小的公主。

"也喜欢，不过我更可怜她。 但是我很不喜欢老国王。这个老糊涂轻信，而且无情，结果自己倒了霉，国家也分裂了。"

"老国王我也喜欢。"

"你喜欢的人太多了！"我笑起来，"这些人物即便可爱，也该受到批判。 毕竟，莎士比亚作为资产阶级的作家，他那些情调或多或少总是反映了他那个阶级的没落情绪。 所以他的故事尽管动人——确实动人，但我们作为无产阶级的后代却不能过于欣赏他，而应该分析他，认识他，批判他！"

"错了。"她出我意料地挺身而起捍卫她的莎士比亚，"莎士比亚是文艺复兴时期的作家，那时全欧的资本主义都刚刚在萌芽，怎么是没落？ 而且马克思和列宁都很喜欢他的作品，他们甚至能整段整章地背诵。 马克思的手稿中甚至有《哈姆雷特》的专论。"

她说得非常认真，毫不顾及这针锋相对的反驳会给我一个冷不防的难堪。

"专论？ 我没听说过。"

"他没能写完，为了《资本论》，他把许多事都耽误了。"

"但无产阶级的情调总和资产阶级的不同。"

她眉毛一扬，充分意识到自己在这个问题上的优势："对莎士比亚不能这样分。 恩格斯说过：资产阶级的伟大人物并不仅仅属于他自己的阶级，他们属于整个人类。"

"在哪儿说的？"这话显然与我以往的理解相矛盾。

"在《自然辩证法》的导言里。"

我什么也不能说了！我并不太熟悉这位四百年前的老作家。她讲的这些我也完全不知道。我重新意识到，这个娴雅的女孩子绝不是一个无知的人，相反，倒是我自己在知识上显得更贫乏。我望着她，心中感到奇怪：她看上去与我年龄相仿，在我面前甚至还带着几分天真的神气，可她竟懂得这样多！我开始产生一种错觉，好像她完全不是一个与我同龄的少女，而是一个天真的小妹妹和一个成熟的大姐姐的复杂的结合。

这本书我已经有些舍不得还给她了。我把它拿在手里："可以借给我看几天吗？"

她笑了："你喜欢？"

"已经非常喜欢了。"

"可以，那后面还有英汉对照。"她很大方地答道，"不过你一定要爱护。"

随后我们又回到了外语学习的话题上。她告诉我说，她在很小的时候就很喜欢听外国的故事，因为它们与中国的故事有着截然不同的风格而使她感到格外的新奇。从这开始，她才对几乎所有能接触到的外文都发生了浓厚的兴趣，并且没费什么事就学会了。她用那么有把握的神气说，只要对什么有了兴趣，学习它就根本不是什么难事儿。但是假如实在没有兴趣，那就没什么指望了。所以——她像个小大人儿似的说道——既别因为自己在某些方面特别出色而得意，也不必因为自己在某些方面特别无能而发愁，人人都有各自的天赋，其实大家都差不多。这话可真让我佩服得五体投地，因为我从中证实了爸爸的错误——我对俄语本来就没有兴趣嘛，干吗要把我说得那么糟糕呢？不过那个不及格眼下当然是绝不能提及的。

"那你对俄文也有这么深的兴趣？"我问。

"为什么不呢？俄语是其他印欧语的近亲，"她越来越显得渊博，"它们有不少形态都是共同的，所以熟悉了其中的任何一门，其他的也就入门了。"

这又是一个广阔的话题。不过再深谈下去，我就只有请教的份儿了。

"那你能多借我一些时间吗？我想好好看看。也许我会发生兴趣的。"

她又笑起来："我想你会的，随便你看多久。有了这本书，我看你大概不会再把英语也送给什么动物去讲了……"

我哈地一笑："当然！"随即万分高兴地打开书包，把它小心地塞了进去。但我听出她的声音好像突然变了。

我抬起头，发现她正吃惊地看着我的手。她看到什么啦？我赶紧低下头来寻找，眼睛马上在爸爸那块大手表上停住了。

时间，啊，爸爸一再嘱咐过的时间！我心中猛地一惊：

我们光顾聊得高兴，竟把时间完全忘了！

她小心地从栏杆上滑下来："什么时候了？"

我看看表，扑通一声跳到了地上："我的天哪，还有七分钟就该上课了！"

顿时，我们一齐慌了起来。

"你怎么走？"她问。

"我要到后门去取车。你呢？"

她已经急得在跺脚了："哎呀，我还得去正门乘电车呢！"

"那你可得快点儿！"我催促她，"再见。"我刚想把手伸给她，突然想到这不是我们少年人的习惯。

"再见！"她一边裹紧书包，一边匆匆看了我一眼，便飞快地转身跑下高台。

那一瞥留给我的印象是永远难忘的。那是一闪而过的注视，她的眼睛在一瞬间闪动了一个明亮的火花，这火花从此便埋藏在我的心底深处，再也没有熄灭掉！

她头也不回地飞下台阶，张开双臂跳过一条长满青草的小沟，一弯身钻进了树林。那淡蓝色的背影和雪白的衬衫领口在浓密的树叶间一闪就不见了。

林外传来一阵急促远去的跑步声。林中又呈现出突然的寂静。

我也飞快地钻出树林，一溜烟跑到后门取出车子，飞一般地向学校骑去。

当我终于跑进教学楼的时候，第一遍预备铃已经响过了。 老师们正夹着讲义在各个教室的门口徘徊。 我冲到教室门口，一低头从老师的腋下钻了过去，哗啦一声把他的讲义碰掉了。

"冒失！"老师瞪了我一眼。 我赶紧从地上拾起讲义还给他，吐吐舌头跑到了自己的座位上。

当我开始从书包中向外取出课本和文具的时候，一个最要好的朋友隔着几个座位向我丢过一个眼色："嗬！ 什么事这么高兴？"

"去！"我冲他一皱鼻子，心中充满欢乐和得意地想道：你什么也别想知道！

这时，在我的眼前和耳边，那个女孩子的音容笑貌又浮现了出来。 她出现得那样意外，消失得又那样突然，但她却把一个如此鲜明的印象深深地印在我的心中了。

是啊，她……她叫什么名字？ 她住在哪里？ 她在哪个学校念书？ 我又怎样再和她见面？ 当这一连串的问题一个接一个地从我的心头闪过的时候，我的心猛地一震，终于明白我们犯了一个多么大的错误。 我不禁气得在膝盖上狠狠地捶了一拳：真糟，我们在匆忙分手时，竟把顶顶重要的一件事完全给忘了！

从此，这本书就永远留在了我的身边。

课程在安安静静地进行。 当老师在黑板上写下方程式的时候，我悄悄从课桌里把那本贵重的大厚书拿了出来。

在这本精美的英文戏剧集中，我什么也没有找到。只是在雪白的扉页上，看到几行秀丽的钢笔字：

送给我最亲爱的南珊

愿你

知勤知勉，永期上进！

妈妈

一九六四年四月

于法国西部布勒斯特

第二章 夏

炎热的夏天，轰轰烈烈的红卫兵运动开始了。

仅仅几天的时间，学校里突然变得面目全非。一向干干净净的墙壁上贴满了大字报，到处拥挤着、涌动着观看大字报的人群。教室里再也无法上课了，桌椅被乱七八糟地堆在一起，肮里肮脏的屋子变成了各种集会的场所。学生们三五成群地聚在一起，教室里、走廊中、操场上、树荫下、校墙边，到处是议论着和争论着的人们。

这种混乱很快就从学校波及社会。一批又一批穿着军装、戴着袖章的学生几乎同时出现在街头。这些红卫兵以一种不可阻挡的神气和劲头，取消了各种古旧的路标，拆毁了公园里奇形怪状的花卉和栏杆，砸掉了几乎所有商店的霓虹灯……

到处是一种狂热的激情。这种激动不安的情绪裹挟了所有的年轻人，也裹挟了我，不顾一切地行动了进来——没有明确的动机，也没有明确的目标，只要是破坏某种陈旧的东西，干什么都行。

这天傍晚，在我们学校的一间教室里，人声嘈杂。六七十个红卫兵乱七八糟地坐在桌子上、椅子上和窗台上，满屋子都是绿军装、绿军帽和红袖章。几乎所有的人都在大声地议论着，同时注意着教室中央两个红卫兵针锋相对的辩论，他们激烈的言辞不时在人堆中激起阵阵叫声。

我坐在讲台桌上，正主持着这个乱糟糟的会议。在我的手里，拿着一份抄家名单，这是今晚争论的焦点。

"喂，你们要吵到什么时候是个完啊！"一个穿军装扎小辫的女孩子冲着争吵的人尖声喊道。

"我的同志，不能把党的政策踩到脚底下去！"那个戴眼镜的高个子红卫兵说得十分激动。他猛烈地反对我们今晚的抄家，在大家众口一词的反驳下，他现在正拼命想保护一个政协的旧将领。

他的对面，就站着我最要好的那个朋友。他义正词严地逼视着对方，一手叉腰，一手斩钉截铁地在空中挥舞着："不对。党的政策是为了党的斗争！"

"党对他们的政策已经定了：保护！""眼镜"大叫道。

"文化大革命中不应该有新的政策吗？ 你为什么造反呢？"

"对！ 政策是变的，变的！"人堆中马上有不少人响应。

"但是基本的不能变！"

"什么是基本的，什么是不基本的呢？"

"不放过一个坏人，但也不能冤枉一个好人！"

"好人？ 你能断定他是好人吗？ 我再说一遍，他是国民党的军长、中将！"

"但是他投降了！"

"那又怎么样呢？"

"眼镜"一下被噎住了。 屋子里一阵哄笑。

"别打岔！"这个外校红卫兵头头是专门来表示反对意见的，他一再威胁着要抵制我们这次大规模的抄家行动。 他大声向满屋子的红卫兵们嚷道：

"我再说一遍，我们绝不同意你们这样蛮横地践踏党的政策。 我们要求你们爱护红卫兵的荣誉。 要从革命的需要出发，不要从革命的激情出发。 因此，我代表我们的组织呼吁你们：全市的红卫兵都应从街道转入学校，从破坏转入批判！"

"你混蛋！ 什么叫破坏？"

"软骨头，你说！"

"呸！ 败类！ ……"

人群中顿时响起一片怒骂。

这时，从早已不耐烦的人堆里横空飞来一只军帽，啪的一声打在我的怀里："喂，头头！ 别光坐在那儿啦，到底干不干哪？"

"是啊，都他妈什么时候啦！"

"不跟他费嘴，干我们的！"

"对！！"人们一致附和。

"眼镜"此刻早已彻底孤立了，在这突然激起的怒骂声中惘然不知所措地站在那里。

我对原定计划受到这样的阻挠早已感到十分讨厌。 于是我站起来，环视了一下会场，看也不看"眼镜"一眼就打开了手中的抄家名单，念出了最有争议的那一家：

"楚轩吾，原为国民党伪国防部高级专员，后任国民党第二十五军代理军长。 其父楚元，原系军阀冯玉祥旧部。 一九四四年洛阳陷落时阵亡。 其子楚定飞，为国民党下级军官，在解放战争中被人民解放军击毙。 楚轩吾本人于一九四八年在淮海战役中战败被俘。"

随后，我念出了最后意见，并且有意加重了语气：

"楚轩吾为国民党高级将领，追随反动军队征战多年，血债累累，但新中国成立后一直受到宽大处理，从未严格审查。 我们认为，历史上的重大反革命分子，不应长期逍遥法外。 因此，为维护无产阶级铁打江山计，应对其彻底改造，予以查抄。"

"对！"

"抄！"

"应该干！"

人们拍着桌子，跺着脚，纷纷大叫起来。

"你们胡闹！""眼镜"愤怒地挥着手臂大叫。

"呸！ 窝囊废！ ……"他又被一阵笑骂声淹没了。

我看了那位斜睨着眼向满屋子人挑战的书生一眼，斩钉截铁地说道：

"这次抄家，是我们红卫兵自成立以来一次最大的行动，也是一次最大的考验。 它不但将标志我们的革命热情是否强烈，也将标志我们的政策水平是否坚定。 不错，今晚的行动应该无愧于红卫兵的光荣称号。 但在这里，我们要强调一个基本的问题，这就是：我们红卫兵究竟是干什么的？ 我要说：我们红卫兵是造反的！ 正因为这样，我们在这场伟大的无产阶级文化大革命中就承担着一种伟大的任务，这就是要以我们的力量，形成一种革命的洪流，冲向四面八方！ 不如此，就没有革命的下一个高潮！ 而我们今晚的抄家行动，就正是一个巨大洪峰，它对于文化大革命新高潮的形成非常重要！ 我认为，这才是我们的历史任务，这才是我们政策的基点。 刚才有人说：我们蛮横！ 会伤了好人！ 请问：革命难道不是暴烈的行动吗？ 暴烈的行动难道能够是不蛮横的吗？ 至于什么好人，对不起，在马克思主义的词典里没有这样的词汇。 作为一个无产阶级革命者，作为一个红卫兵，说出这样的话来是丧失觉悟的，可耻！ 如果装在他头脑中的不是阶级和斗争，而是什么好人和坏人，那么，我要向他说：这不是我们红卫兵在这场激烈的阶级大搏斗中所使用的语言，而是无知小孩在看电影时所使用的概念！"

"说得好！！"人们再次叫起来。

我的心也被自己的演说深深地激动了："楚轩吾是个什么人？ 是个操过屠刀的人。 他的手上有人民和我们父兄的鲜血！ 当然，在强大的革命暴力面前，他把屠刀放下了。但他是否立地成佛了呢？ 我们只能说，我们不知道！ 那就让我们闯进去看看吧！ 看看那个楚轩吾是个放下了屠刀的佛，还是个藏起了屠刀的妖！ 当我们把他的真面目弄清了以后，人民群众会掌握正确的政策的！"

我的演说在他们争吵的时候已经酝酿了很久，现在终于轰动了会场。 红卫兵们的欢呼声差点把屋顶都掀起来！

"我声明，""眼镜"叫道，"你们这样做是要受到惩罚的！ ……"

他下面的话完全被起哄的欢呼淹没了。 他气得掀起军帽往头上一扣，愤怒得扭歪了脸，用力挥舞了一下拳头就离开了会场。 门在他身后被人用脚砰的一声关上了。

"去他的吧！ 没有他，我们干得更好！"我的朋友兴奋地大叫道。

于是，这项人人都期待着大干一场的行动计划，就在一片欢呼声中获得了一致的通过。

就这样，在天黑以后，几十个学校的几千名红卫兵一齐行动了起来。 大规模的抄家开始了。

卡车驶过灯火辉煌的大街，停在一条僻静的胡同口。 我一跳下驾驶室，满车的红卫兵也扑通扑通地跳了下来。 一个守候在黑暗中的红卫兵从路边走向我。

"灵隐胡同。 没错吧？"我问。

"没错！"

"门牌多少号？"

"七十三号。"

我说声："集合！"

二十四个红卫兵马上排成了整齐的一列。

"大家注意，行动要肃静，一致，出其不意！"

"知道了！"大家回答得精神抖擞。

我转身感谢了司机，把手一挥："走！"

一队人静悄悄地走进黑暗的胡同，很快在七十三号的门前停住了。

这是一座很漂亮的小门，深红色的门脸儿，黑色的门框，在路灯下反射着微弱的光，紧闭的门侧，刻着两行对联，陈旧的字迹在黑暗中看不清楚。 门墙是米黄色的耐火砖砌成的，耸立的顶墙上倒挂出几串紫色的藤花。 这座小门屹立在夜色中，显得十分宁静。

我踏上石阶，轻轻推了推门，从门缝向里望去，里面黑洞洞的什么也看不清。 于是我伸手揿了下门旁的电铃。 从很深的院子里远远传来一阵铃声。

"谁呀？"一个中年妇女的声音在过道尽头大声问道。

"电报！"我用早编好的话应了一句。

"哪儿的啊？"

"你们自己来看吧。"

"谁会给这里来电报？"那个声音疑问着走过来，哐啷一声拔开了门闩。

"不要动！"门刚打开一条缝，我便一步抢进去，把那个农村打扮的妇女吓得差点叫起来。 我定睛看了一下，断定这是个保姆，厉声问道：

"楚轩吾在家不在家？"

保姆惊恐地看看我，又看看外面的一群红卫兵，却不肯说话。

"我们是红卫兵，快说！"我急了，生怕里面有什么变化。

"都……都在正房看，看电视……"她结结巴巴地答道。

"快进！"我赶紧把手一挥。

大家立即蜂拥而进，纷乱的脚步声踏碎了夜晚的宁静，冲向深处的庭院。

当我们向右一拐，冲进那道月亮门以后，看到的是一个干净整齐的小四合院。 这院子宽长各二十来步，地面铺着平整的方砖，院子东南角，立着一架葡萄，院子中间摆着一对盆松和一对夹竹桃。 西厢房的灯全黑着，只有东厢的一间房子亮着一盏台灯。 南房实际上是个花房，里面影影绰绰地摆满了植物。 北房就是客厅，此刻那里正传出阵阵电视机的音乐声。

我大步踏上台阶，一把将客厅的门拉开了。

在电视机闪烁的微弱亮光中，我一眼就看到了一个老人坐在沙发上的背影。 他头发花白，肩膀宽阔，手放在靠手上沉静地坐着，并不回头，只是略微偏了一下身子。 在他旁边，一个弱小的老太太正惊慌地立起身来。

啪嗒一声，电灯开关被拉开了。 四支日光灯管在头顶的天花板上一齐闪了几下，顿时把雪亮的灯光射向整个屋子，刺得人睁不开眼。

我迅速环视了一下这间客厅，它布置得雅致而古朴。 红漆地板上，铺着一块灰绿色的旧地毯。 藏青色的沙发前，摆着一张玻璃茶几，几上散放着几本线装古书和一套青瓷烟具。 电视机显然是刚刚挪过来的，摆在一张大写字台上，正对着沙发和门口。 屏幕上，一群手执红旗的舞蹈者正在蹦来蹦去。 四面的墙上挂着几幅山水字画，窗户上拉着青竹窗帘。 在屋角的一架简易钢琴下，两尊巨大的青花瓷缸里插着一些卷轴和一柄拂尘。 显然这个老人就是楚轩吾了。

一个红卫兵走到电视跟前，一把扯掉了天线和电源线，荧光屏闪了一下就灭掉了。 我以不可抗拒的威严口气问道：

"谁是楚轩吾？"

老人慢慢站起来，转过身看看这突然出现的满屋子的红卫兵，冷静地答道："我就是。"

"这是谁？"我用手指着惊待在一边的老太太。

"我的妻子。"

"家中还有什么人？"

"两个外孙。"

我紧紧盯着这个略微矮胖的老人。他前额宽阔，眉毛很浓。眼睛不大，却炯炯有神。虽然他那身夏布长裤和柞绸短衫完全是一副闲散家居的打扮，但那很自然地挺起的胸脯，却仍旧保持着旧军人那种训练有素的气概。他正很镇静地看着我。

"楚轩吾，我们是红卫兵。你要明白，你在历史上是有罪的，因而我们有权利对你进行审查和改造！我先告诉你：今天你要老老实实将你的历史问题交代清楚，同时，对你新中国成立后的问题也要老实交代，否则一切后果由你自己负责。别动！"我喝住老太太，"还有，为了审查你改造自新的情况，我们现在决定对你的老窝进行查抄，你们要老老实实对待——听清了没有？"

老太太这时再也抑制不住了，她叫起来："你们要干什么呀？我的天……"

"安静点，不会出什么事……"楚轩吾安慰她。

"少废话！"我厉声喝道，"把她带走，先押起来！"同时把手一挥："抄！"

一声令下，所有的红卫兵马上散开了。一时所有的房间都大放光明，照得院子一片通亮。各房间里，开始传出乒乒乓乓砸门撬锁和翻箱倒柜的声音。

老太太被连推带搡地赶到了西厢房。我叫人把客厅里的家具全部搬空，只留下写字台和三把椅子。然后叫楚轩吾站在客厅中间，由我当主审，我的朋友和另外一个红卫兵当记录，摆出一个法庭的模样对他开始了审讯。

"姓名？"为了有一个庄严的开端，我把这个问题重复了一遍。

"楚轩吾。"

"出身？"

"军人。"

"是军阀！"我厉声纠正，"你老婆呢？"

"官僚。"

"一对老混蛋！"我的朋友在旁边发出了一声厌恶的怒骂。

楚轩吾没有什么表示。

我仍然紧紧地盯着他："你的年龄？"

"六十二。"

"籍贯？"

"江苏宜兴。"

"职务呢？"

"市政参事室参事。"

"还有!"

"历史学会会员和军事研究院特聘研究员。"

"问你军内职务!"

他想了想:"当过国防委员会的顾问。"

"政治方面呢?"

"市政协委员。"

"哪儿的市政协委员?"我感到越来越不对味儿了。

"北京。"

我听了一愣,突然明白过来,气得一拍桌子骂道:"他妈的! 老滑头,我问你国民党职务!"

噗一声,两个记录都笑了。 我憋了半天,也忍不住笑出了声。

楚轩吾摇了摇头:"我四六年到四八年是国民党伪国防部高级专员。"

"还有!"

"后来兼任国民党第二十五军代理军长。"

至此,已经无可再问了。

"楚轩吾,你少捣蛋。 你老实不老实吧?"

他以肯定的神情看着我:"我可以回答任何问题。"

"那好,——把你窝藏的反动地契和变天账交出来!"我猛地一拍桌子。

"说!!"两边一齐喝道。

"我从祖父开始，三代都是军人，从未经营过土地。这些东西我确实无所收藏。"

我和记录交换了一下眼色："狡赖！那就把你暗藏的国民党狗牙旗和蒋介石的狗像给我交出来！"

"说！！"

楚轩吾抬起头来，他的神情已经完全变了。这个整整一生的经历都和国民党的军队联系在一起的人，当我强迫他去回忆那些充满痛苦和耻辱的往事时，他的心情再也不能平静了。

"年轻人，你们了解得很清楚。国民党，曾经是我的过去。是的，那使我蹉跎年华，虚掷半生。我应对它痛加悔悟！但是，我投降已经十八年了。十八年来，我目睹了祖国的巨大变化，目睹了共产党的伟大成就。作为一个从旧中国经历过来的人，人类的良知使我能够做出正确的判断，爱国的良心也使我能够做出正确的选择。所以，尽管我的前半生并不光彩，后半生也无所贡献，但我却愿把我这一生的教训留给我的后人，使他们……"

"你是投降还是被俘？"我打断了他。

"是投降。"他痛苦地回答。

"谁能为你证明？"

"我的档案中都有记载。"

"我们会查清的。但你要老实！现在，你就把你被俘的全部经过老老实实地交代出来，要有半句不老实，小心你的脑袋！"

　　楚轩吾痛苦地垂下双肩，在我无情的追问下，陷入了深深的回忆之中。 这个老人就这样站着，站在这被洗劫一空的客厅中，站在这惨白雪亮的灯光下，向我们叙述了他人生中一段惊心动魄的往事……

　　一九四八年的初冬，解放军在全国各主要战场上取得了一系列的胜利后，开始转入大兵团作战。 十月底，东北野战军首先在辽沈战场上全歼了国民党的四个兵团，解放了东北全境。 随后，华东野战军也于攻克济南后整补完毕，从济南、泰安一线向邹城前进，显出南下淮海、进逼徐州的动向。 而国民党徐州战区的四个兵团则以徐州为中心，沿陇海铁路从商丘到海州一字摆开，做出北进山东、收复济南的态势。 到十一月初，华东战场上的对峙局面已经形成，大战在即了。

　　当时，我们国民党刚刚在东北战场上惨败，已经元气大伤，所以对于华东战场非常忧虑。 白崇禧鉴于国民党已经丧失了军事上的优势，力主放弃陇海铁路，而将主力收缩在徐州、蚌埠之间，在津浦铁路两侧与共军寻机决战。 但是蒋介石对于国共两党军事力量对比已经发生的深刻变化严重估计不足，所以坚决反对放弃徐州，妄图依仗华东的几个精锐兵团，在陇海铁路上摆开战场，与解放军进行中国历史上最大规模的一场决战！

十一月二日，我作为国防部的高级专员，飞到徐州向"剿总"司令长官刘峙详细说明蒋介石的战略意图和作战方针。随即又于第二天飞往海州视察东线防务情况——我的儿子楚定飞和女婿苏子明都在这里。

我下飞机后，立即向第七兵团司令黄伯韬传达了战役部署。黄伯韬听后，大骂参谋总长顾祝同无能。他用长杆敲着军事地图向我说："见他妈的鬼！现在各方面的情报都证明共军华东主力早已在鲁南集结，我们却他妈摆得到处都是。如今我一个兵团孤悬海边，如果陈毅第一口吃向我，我连逃都没地方逃！而且，许多迹象都表明陈毅部队的运动方向正是我这里，上面却偏让我们坐以待毙。混蛋！顾祝同是他妈怎么指挥的！"

我是专员，不是司令，只能详细解释总部的意图。不过我也感到这里的情势已经十分不妙了。

可是到了十一月五日，蒋介石突然变更作战部署，越过徐州"剿总"直接电令黄伯韬放弃海连一线，火速向徐州集结。显然解放军的战略动机正如黄伯韬所料，是首先要一口吃掉他的第七兵团。但第七兵团这时要运动已经太迟了。

五日晚上，黄伯韬连夜召开紧急会议，命令第二天凌晨立即动身。深夜会议刚一结束，整个海州市顿时人声鼎沸，马达轰鸣，陷入一片混乱。

会后，黄伯韬与我一起来到我的住处，大发牢骚。他说："这次作战，共军始终在急速调动，我们已经输了一着棋。 现在共军十几个纵队的兵力正向我压迫，老头子不叫刘峙向我增援，反令我孤军西进，是何打算？！"他忧心忡忡地拉住我的手说："轩吾兄，你我多年深交，我的家事就托付给你了。 这一仗搞得好，我能带一两个师打到徐州去见刘总。 搞不好，也只有与官兵共存亡。 你在我军中并无职务，夫人和女儿又都在上海，你就不必随军行动了。 至于定飞、子明，也由我做主随你一同去上海吧，何必与我同归于尽！"

黄伯韬和我都是冯玉祥的旧部。 被蒋介石收编以后，他一直受到重用，是非黄埔系中唯一做到兵团司令的一个。 因此他矢志为蒋介石尽忠效命，反共异常坚决。 在皖南事变中设伏茂林，生俘叶挺的就是他。 当时我出于世谊，不愿在这个关头将他一人撇下。 再说，我也已多年不握兵权了，在这危困之中很想重温故业。 于是我正色说道："国难当头，军人效命沙场义无反顾，岂有脱身而去的道理！ 至于定飞、子明，能在黄老伯身边一逞身手，也是他们的造化。 你不必说了，士璋不在，我已电呈南京方面委任我为第二十五军代理军长。 轩吾此心无他，唯愿与党国同舟共济！"同时我安慰他说："只管放胆西行。 如果军情险恶，杜聿明和黄维他们会来救应的。 我们也只有果断行动才有生路可寻。"

"晚了！ 晚了！ 我们败局已定，第七兵团难免全军覆没！"黄伯韬连声长叹，连我也给弄得心情沉重起来。 直到他的作战处长亲自来报告说最后一个师部也即将开拔，他才匆匆而去。

果然，战局的发展比我们的预料要险恶得多。

十一月六日，第七兵团五个军浩浩荡荡地离开新安镇、海州和连云港，分南北两路向徐州急进。当天晚上，南路的第六十三军就在窑湾渡口突然与解放军遭遇，不到六个小时，第六十三军的防线即被突破。七日拂晓五点钟，我和黄伯韬在行军途中与第六十三军军长陈章通话，他只报告了全军覆没的消息后便在报话机旁拔枪自杀了。战斗的激烈可想而知。

黄伯韬闻讯，气得在吉普车上顿足长叹。

空前规模的淮海战役就这样开始了。

十一月九日，我们北路的四个军不顾一切地向西突进。但刚刚到达运河便与解放军发生接触，遭到猛烈的阻击。当时运河两岸已经冰冻。黄伯韬立即命令各军同时强渡运河，因为我们无论如何不能被这条大河与增援部队隔开。十几万士兵拼命用船将辎重渡过河，有不少人冒着严寒从刺骨的河水中泅渡了过去。

十一月十日，我们付出了巨大的代价才勉强渡过了大运河。但是当我们且战且走，离开运河西岸又前进了四十里到达碾庄后，解放军的猛烈阻击已经使我们再也无法前进一步了。于是黄伯韬命令第四十四军、第六十四军、第二十五军和第一百军分守碾庄的四角，兵团司令部就设在镇外的深沟中，开始固守待援。就这样，我们四个军十几万人的兵力在受到重创以后，被压缩在一个十几平方公里的狭长地带内，陷入了重围。

事后我们才知道，包围我们的是华东野战军十二个纵队的兵力，整整是我们的三倍！

战斗的发展在开阔的淮海大平原上是极其猛烈的。我在第二次直奉战争中参加过长辛店大战，在抗战中参加过枣庄大会战，可从来没见过像这次这样排山倒海的攻势。解放军的冲锋常常摆开一个极大的扇面，像一阵潮水般地涌上来淹没了我们的层层阵地。这种情况逼得我们的炮兵不得不压平炮口，以密集的扫射把成百吨的钢铁倾泻在刚刚失去的阵地上。但是炮火一停，前沿马上又压过一层层人流。在这样的攻势下，我们的四个军相继土崩瓦解了。

整整十天的苦战以后，我们的兵力已伤亡过半，司令部掩蔽所也暴露在解放军的机枪射程之内了。

十一月二十日，听闻第一百军军长周志道阵亡，副军长杨荫只身来到掩蔽所。这个军完全打光了。第六十四军也丢失了全部阵地，军长刘镇湘下落不明。第四十四军在打到只剩下一个半师时，第一五〇师师长赵璧光率部起义了。军长王泽伦同时被俘。现在，我们只剩下第二十五军的两个不满员师和兵团直属的一点残余兵力，而且在这一万多人中，连一个整团也没有了。于是我不得不把第二十五军军部撤销，而与兵团司令部合设一处，以与黄伯韬共同维持残局。

黄伯韬在战斗打响以后，一直保持着镇静。这个身经百战的反共宿将，每天用上万人的伤亡做代价，沉着地强迫士兵们死守着每一寸阵地，等待着援军。他知道，这块战场上的进退得失，不但关系着他一个人的命运，而且关系着党国的命运。他只要还能保住一个师、一个团，甚至只保住一个兵团司令部，他就在美国顾问团的面前为蒋介石保住了面子。因为他并未完全覆灭。否则的话，他最后的败亡对于整个华东战场的影响将是无法估量的。但是，当战斗打到最后一天时，连他也坚持不住了。

十一月二十一日，天空飘起大雪。天刚亮，解放军便开始以猛烈的炮火向我们的阵地倾泻炮弹。密集的炮火把我们最后三四平方公里阵地上的冻土全部炸翻了过来。随后，攻击的浪潮开始一遍又一遍地扑上我们最后的几道防线。有些突击队一直打入纵深，纷纷倒在掩蔽部的视野之内。形势急转直下了。

这不是没有原因的。在我们的西面和西南方向，杜聿明带着李弥、邱清泉和黄维三个兵团正拼命赶来。今天，邱李两个兵团的先头部队已经打到距离碾庄只有十几公里的地方了。现在，就在这段路程上，邱清泉的第二兵团和李弥的第十三兵团正与中原野战军的四个阻击纵队进行着激烈的战斗。南京的电报一再向我们确定：杜聿明正在向我们"步步接近"。

这一天飞机也来得特别多，从黎明开始，它们就一批接着一批地飞来，从阴云中将无数的炸弹和凝固汽油弹倾泻在战场上，到处被烧成焦土和火海！

但也就是在这一天，我和黄伯韬完全绝望了：我们的残余兵力已经只剩下五千多人，指挥体系也被破坏殆尽。 这样的力量除了勉强招架一下，任何反击的能力也没有了。

直到这时，我们才真正意识到情况的严重性。 这次大战从一开始，双方就投入了几十个军的兵力，而我们在这铁锤与铁砧的撞击之中首当其冲。 这种战争的规模是我们从未经历过的，它不但远远超出了我们的经验，也远远超出了我们的想象。 现在，在几千平方米的阵地之内，每一个仓促掘成的战壕和弹坑中都挤满了人和死尸。 每一颗炮弹下来，都会飞起一片残肢断臂。 在这样的战场上，除了死和降，再也没有其他出路了。

解放军的阵地上开始响起广播。 他们点着黄伯韬和我的名字，反复陈说利害，指明出路。 他们大声警告说：杜聿明集团和黄维兵团均被中原野战军顽强地阻截在战场以外的地方，任何待援的希望都是没有的，因为解放军彻底结束我们的顽抗只在今天——这是最后的机会了。

黄伯韬这时已经完全失去了最初的镇静。 他像一头被囚在笼子里的野兽一样，披着军大衣在深沟中转来转去，不许任何人向他转达解放军的劝告和递送打到阵地上来的传单。

但就在这时，突然从我身后冲出一个军官。 他不顾一切地一头撞在黄伯韬脚下，抱住他的腿大叫道："司令！ 仗打到这种地步，不能再叫弟兄们白白送死了！ 总统无能，不该叫士兵们丧命！ 黄司令！ 黄公！ 几千条性命在你手里，不能再抵抗了！ 我们投降吧！ 投降吧！"

我大吃一惊：这个军官不是别人，正是我的儿子楚定飞！ 十几天的激战中，他一直在阵前厮杀，想不到却在这个关头闯回到司令部来了。 此刻，他满身是泥和血，也不知道是他负了伤，还是从死人身上沾的。

"什么！"黄伯韬瞪着充血的眼睛，暴跳起来，劈胸抓住他的衣领把他从地上拖起来，狠狠抽了两个耳光："你大胆！临阵畏缩者杀无赦，不知道吗？ 你敢抗颜违命！ 你敢阵前请降！ 你敢亵渎总统！ 该死的——来人！"

两个全副武装的宪兵应声而进。 我的儿子一言不发地从地上站起来。

我默默地注视着眼前发生的这一切。 我知道，在这样的时刻，定飞的行为在黄伯韬面前是难以饶恕的。

黄伯韬已经完全失去了理智，他咆哮着要枪毙我的儿子，但是被副官们拼命劝住了。

这时，一个参谋钻进来递给我一份电报。 我看了一下，只见上面潦草地注译着：

"总统飞临战场上空。"

我无言地将电报递给了黄伯韬。 他看罢，两眼直勾勾地望着天空。 蒋介石的飞机盘旋了几周，并未与地面通话，便向西远去了。

"是否转达全军？"我问。

"不必了。"黄伯韬咬着牙长叹了一声，"我们还有什么全军？"他将电报揉成一团丢在了地上。

这时，又有一个通信参谋把一份电报递给黄伯韬。黄伯韬匆匆看完，竟望空失声痛哭起来。他哭得晕头转向，捂住泪脸将电报递给我：

"楚兄，你自己看吧。"

我接过电报，只见上面写着："总统手谕：杜部已火速驰援，务必坚守至一兵一卒，有动摇军心者，就地处决！"

我的头轰的一声炸了！

不知过了多久，黄伯韬的声音才把我从呆滞中惊醒过来："执行吧。"

我唯一的儿子，兵团情报处参谋，这个魁梧健壮的年轻人，正垂手直立在我们面前，身后站着宪兵。他冷静地看着我，说道：

"爸爸，仗打成这样，是全体军官的耻辱。我劝降不是自己畏死，而是认为叫幸存的士兵徒死无益！屠戮无辜谁无怜悯之心？但是既然只有我一个人做这样的事，也是早已决心伏法了。"

他走到我女婿面前，紧紧拉住他的手说："我去了，告诉姐姐，来日方长，你们好自为之！"

子明哇的一声大哭起来。他扭住定飞，狠狠地捶着他的胸脯骂道："阿弟，你糊涂！你在这种地方逞死，难道叫老夫人泣血终生吗？"他用力按下定飞："你给我向黄司令跪下求饶！"

定飞早已异常镇静。他推开子明，冷冷地说道："杀我者，不是司令，而是总统。谁求情也无济于事，又何必为一己屈膝。既然不容于军法，唯求一死而已。爸爸，黄公，孩子去了。望你们以士兵为念！"说完，他转身头也不回地向掩蔽部外面走去，宪兵无可奈何地跟了出去。

坡后传来两声枪响。子明猛地跪倒在我的脚边。掩蔽部中一片叹息之声。

黄伯韬两眼发直，神情呆滞得可怕。好久，他才猛地惊醒过来，一屁股坐在弹药箱上，抱头大哭道："该死啊，该死！……我从小把他看大，掌上膝下，何等疼爱！想不到……想不到我竟亲手枪毙了他……！"

他的身体在痛哭中痉挛着。突然，他猛地扑过来，从我手中夺过电报，几把便撕了个粉碎！

密集的炮火重新铺天盖地打到我们头上，子弹刮风般从头顶上呼啸而过，冲锋的呐喊像海啸一般涌上来，阵地争夺战正在我们几十米以外的地方进行。掩蔽部里的高级军官和参谋副官们已经开始悄悄溜掉了。

黄伯韬叫过我的女婿，咬着牙说："定飞不肖，败坏了忠烈家风。现在我要你为楚门将功补过：我给你最后一个连，你敢不敢冲出重围？"

子明是黄伯韬的机要参谋。这个文弱书生，此刻也像一头困住的狼一样，戴着钢盔，倒提着卡宾枪，卷袖敞怀地立在黄伯韬面前："愿拼死一用！"

黄伯韬紧紧盯着他："如能冲出重围，就告诉杜长官和刘总，说百韬待援不及，杀身殉国了！"

子明毕恭毕敬地向黄伯韬敬了最后一个礼，然后含泪转向我："岳父，您还有什么要嘱咐的吗？"

我料定自己已不能生还，于是说："你自顾去吧，不可鲁莽！如果你有幸突围，就告诉夫人和雨蝉不要以我为念。如果你也……唉，何必多说！……"

子明跪下，只说了句："岳父大人千万珍重……"就再也说不下去了。

我顿足催促他道："现在不是儿女情长的时候，军机稍纵即逝，你去吧，快去吧！"

他这才咬咬牙，转身走出了掩蔽部。

黄伯韬把勉强调集到的六十多个下级军官和宪兵全部交给他，命令他们隐蔽在高坡后面。当解放军的冲锋再一次退下去的时候，子明带着人突然跃出深沟，卷在这股潮水中一齐向外冲去。

他们成功了。当解放军发现他们的突围意图，企图截击时，双方已经绞杀一团，难以分清了。但子明并未恋战。混战中，他迅速从厮杀中分出十几个人，乘着烟障跳下河谷，飞快地消失在了薄雾中。

我和黄伯韬一直紧张地从掩蔽部里盯视着这场战斗。当他们的身影终于消失在阴霾中的时候，我不禁松了一口气。

但就在这时，我身后发出当的一声枪响！

我猛地转过身来，只见黄伯韬张开双臂，正在向后倒下去。 我和仅剩下的一个副官同时抢上前将他扶住，他的身体沉重地倒在了雪地上，手里还握着手枪。 此刻，所有的高级军官已经一个也不见了。

我马上明白发生了什么事情：黄伯韬自杀了。 这一枪他是从嘴里打进去的，因而保持了面部的完整。 鲜血翻着泡沫从他嘴里流出来，他两眼老泪横流地看着我，已经什么话也说不出来了。

这是意料之中的事。 我跪在地上，将他的头紧紧抱在怀中："你不该，百韬……"

这就是我这个老朋友在他临死时所能说的最后的话。

他眼睛中的神色在迅速地消失，猛然，他的头一歪，手枪哗啦一声掉在了冻硬的土地上。 黄伯韬就这样死在我的怀中，眼睛却一直睁着。

我一直等他的身体完全僵硬了，才将他慢慢放在地上，然后脱下军大衣覆盖在他的脸上。

这时枪声骤起，解放军最后的攻击开始了。

黄伯韬一死，再也无人能镇住军心。 一个营长满身泥雪冲到我的面前，抓下军帽和手枪一齐掼到地上，撕开上衣露出胸膛，发疯一般地大叫道："枪毙我吧，军长！ 我们不能再拼了！"他咚的一声跪在地上，用膝盖走到我跟前，死死抱住我的双腿哭叫道："军长！ 黄司令已死，不能再叫弟兄们送死了！ 为了楚公子的好意，我冒死再进一言：我们投降吧! 投降吧! ……"

这个军装破烂,蓬头垢面,神经几乎已经错乱的中年军官匍匐在地上,整个脸都埋在我脚下的泥雪中。 从他那抽动着的泥泞的脊梁上,从他浑身上下的血迹弹痕中,我深深感到,国民党彻底完蛋了。

我一句话也没说,将他从身边推开,冒着弹雨走上了高坡。

这时,我才看清了全部战场:冰封雪盖的淮海平原上,炮火在白雪下面翻出了黑色的土地。 远远近近到处是尸体,到处冒着硝烟。 我们最后的几处残余工事正与解放军疯狂地对射。 这是黄伯韬留下的死令:顽抗到最后一兵一卒。

我站在高坡顶端,摘下军帽丢在地上。 然后从身上掏出一条白巾,直立在呼啸的弹雨和凛冽的寒风中高高举了起来。 我希望能在最后一刻被横飞的流弹打死。 但是在这最后一刻,我却必须向解放军宣布:我们投降……

楚轩吾讲完了他的经历,深深叹了一口气:"这样,我率领最后的一千多士兵投降了。"

我的心被震慑住了,旁边的红卫兵也都听得发了呆。 他的故事在我们听来是如此惊心动魄。 我看着这个经历过残酷厮杀和无情失败的老人,好像看到了他当年是怎样穿着国民党将军的制服,高举白巾,垂首直立在寒风弹雨之中!

"你说的都真实吗?"

"这样的经历是无法伪造的。"

"这么说，你是顽抗到最后一分钟才投降的？"

"是这样。"

"哼，这和被俘有什么区别！"我的朋友冷笑一声，"你知罪吗？"

"那时我有三条道路：或死，或降，或走。但它们都不能洗刷那场战争的罪恶。"

"有这样的认识很好。"我说，"但你仍得证实你履历的性质：你到底是投降还是被俘？"

"我并不关心他人对我的结论，但从主观上讲，我承认我的结局不是被迫的而是主动的。我服从了自己的选择。"

"我们要人证。"

他摇了摇头："完全见证到这一点的人倒是有一个。可是十八年了，恐怕很难找到他了。"

"什么人？"

"华东野战军第五纵队的参谋长。在由五纵负责的接待工作中，他与我们战俘相处了整整四天之久。"

"华野五纵？"我几乎惊叫起来，这是我父亲待过的部队啊！

"是华野五纵。"楚轩吾回答。

我急急问道："参谋长，他叫什么名字？"

楚轩吾望着窗外夜空中无比遥远的星辰："他是令人难忘的。我永远都记得这个道德极高而又修养极深的人。他叫李聚兴。"

我顿时心花怒放，差点从座位上跳起来。李聚兴，他就是我父亲呀！我万万没料到，在今晚的抄家中，在这个小小的庭院里，我竟抓到了一位当年败在父亲手下的老将军！

"李聚兴参谋长的事情你都记得吗？"

"我与共产党作战二十余年，他却是我见到的第一个共产党人。我至今认为，他是我对共产主义发生认识的启蒙者，他对我后半生的影响是无法估量的。因而尽管我已经十八年没有再见到他了，但他的人格却使我永远难忘。"

我清清楚楚地看出老人对我父亲怀着深深的钦佩和怀念。这使我深受感动。

"那么好吧，你把当时的情况详详细细地讲出来，我们将找到那个李参谋长进行核实。"同时我示意一个红卫兵搬给他一张凳子。

各处房间的查抄仍在继续着，纷乱的响声不断传来。

楚轩吾坐下，很快又陷入了沉思……

……枪声平息下来以后，一个解放军的战士很快从他们的阵地跑到高坡下面："你们是怎么回事？"他问。

我回答道："黄伯韬自杀了。我们投降。"

他登上高坡向掩蔽部门口黄伯韬的尸体看了一眼，便转身向阵地发出了信号。

于是我率领全部残余人员放下武器，七零八落地走出战壕，随他走到解放军的阵地上。 我们的正面，就是解放军的第五纵队。

很快，从后方开来一辆美制"道吉"吉普，停在我们面前。 上面下来一位穿棉大衣的首长，这就是五纵参谋长李聚兴。 这位参谋长当时刚刚过了三十岁，是一个个子高高的江西人。 他面庞清瘦，眼睛很有神。 据后来了解，他一九二九年参军时只有十三岁。 后来参加长征，在川黔滇做后卫，与薛岳将军打过不少硬仗。 在共产党的创业战争中，这位参谋长几经生死忧患，积功甚伟。

他主动迎上来，和我握过手，第一句话就是："欢迎你们投向人民。 请你转告全体官兵，解放军绝不会难为你们的。"

我作为败军之将，只有唯唯诺诺而已。

当时杜聿明兵团和黄维兵团在黄伯韬兵团覆灭后立即收缩，企图重整阵容。 解放军华东部队则在第二天即撤离战场，以数路纵队直扑徐州外围，寻机再战。 但是李参谋长却抓紧时间做了一件事。 他们由我们被俘的全部高级将领陪同，巡视了整个战场。 巡视中，他非常详细地察看了第二十五军的阵地，因为这个军是最后崩溃的，防守也最为顽强。 他仔细地询问了我们的防御意图和兵力配署，并不时与自己的参谋们交换一下看法，甚至要他们记下一些东西。 记得当他看到我们已被完全摧毁的炮兵阵地时，曾经严厉地讥评我们说：你们在这样迫近的距离中使用炮兵盲目射击，完全是一种无效的战术动作。 我争辩说我们做过平射。 他立刻反驳道：你们应该毁弃大炮作为工事，将炮兵编入步兵序列。但你们完全是自恃优势兵器的威力而没有这样做，结果你们的炮兵不但没有摧毁我方任何重要的目标，反且成为你们防守的沉重负担。 听他的口气，好像摆在他面前的不是劲敌陈尸狼藉的战场，而纯粹是一道不太漂亮的军事作业。 可是当他看到我们在战斗中仓促构筑的工事系统时却赞不绝口。 他向他的参谋们说，正是这样的工事布局和火力配备，才使得他们的穿插手段在整个攻击中始终未能奏效，而只能一口一口地把我们的阵地硬啃下来。 在这些交谈中，我马上就在这个农民出身的参谋长身上看到了非常出色的军事才能。 我真想不到一向以骚扰和奔袭为主要作战手段的共产党游击战中，竟能造就这样通晓正规教范的人才。 共产党军事指挥员给我的这第一个印象，就与国民党那些胜则争功、败则诿过的将领形成了鲜明的对照。

四天的休整结束以后，我们这些战俘经过学习准备解送后方，陈毅将军指示五纵为我们饯行。 而宴会又是由李参谋长主持的。 四天中，他亲自为我们上过课，也个别地和我们谈过话。 也可能是由于职业上有着共同兴趣吧，这次简朴的宴会几乎成了老相识们的一场军事讨论会。

宴会上，我们一边用搪瓷缸子喝着热腾腾的老窖，一边谈起了这次战役双方的部署情况以及它的过去和未来。

当然，胜利者对于全局看得更清楚一些，因而李参谋长的看法便成了最权威的意见。 他首先从分析全国战场形势开始，指出在淮海战局的形成过程中，解放军华东和中原野战军就已经是凝聚了巨大力量的两个拳头。 而国民党徐州剿总的四个兵团却撒在华东广大地区的各个重镇上，从而造成了被各个击破的可能。 而后，在战局的整个形成过程中，解放军的战略意图始终非常坚定，一直盯在大运河一带寻找战机。 而国民党第七兵团在几经徘徊以后，又恰恰在毫无接应的情况下贸然西进，这又顺理成章地给他们提供了在运动中对我们实行毁灭性打击的机会。

"如果黄伯韬不向西运动，而是固守海连地区呢？"一五〇师师长赵璧光忍不住问。

"逼迫你们背海作战，正是我们原来的计划。 那样你们与增援兵团之间的距离将被分割得更远。 而蒋介石之所以仓促地命令黄伯韬西进徐州，也正是想使你们靠拢。 看来，他尝够了被我们各个击破的苦头，但这一次却又低估了我军在运动中歼灭强敌的作战能力。"

"那么，陇海铁路诸重镇的永固工事不能延长我们固守的时间吗？"

"不能。 因为我们将在你们兵力收缩以前发起攻击。 十一月六日晚，我们的待机点均在你们各军驻防地五十到二十里的地方，陈章正是在那里陷入了重围。 但尽管蒋介石一误再误，终于坐失了一切挽救第七兵团的机会，最荒谬的人，却应该说是刘峙。 他对于你们的西进竟毫无接应，甚至在第六十三军迅速覆灭以后，他也未向徐州以东迈出一步。 我简直难以相信，作为一个战区司令，他的行动怎么能如此的乖张：当何基沣、张克侠两将军在枣庄起义，我军以两路纵队从其驻地进迫徐州以后，他便将黄维兵团的前进方向由碾庄转向了徐州，杜聿明两个兵团的攻势也严重削弱，这事实上已经是在专力自守，而置右翼于不顾了。 这就是说，从战斗打响的第三天开始，他就已经从根本上放弃了从东线上救出第七兵团的企图！"

当时，宴会上的气氛十分激动。 四十四军军长王泽伦听了气得大骂刘峙与顾祝同无能。 几个师、团级将领竟不顾李将军在场，就像是在国民党的军事会议上一样，一口一个"共军"、一声一个"总统"地抱怨起来。

"我们情报模糊，优柔寡断，协同混乱，各行其是，如何不败！"

"乖乖，总统三变计划，还是落在共军妙算中了。"

"早知如此，也不至于白白断送了十几万人的性命！"

"唉，黄伯韬至死不悟！"

"是的。 黄伯韬的死，不但是做了蒋介石错误战略的牺牲品，而且也是做了蒋介石反动政治的牺牲品。"李将军目光炯炯地环视着会场，"蒋介石不顾民族大义，不顾国家在抗日战争结束后尚未恢复民族元气，悍然发动反共反人民的内战，这就是横下了一条心要陷手下成千上万的官兵于死地。而黄伯韬不愿向人民屈服，甘心情愿为蒋家王朝殉葬，这就构成了他的悲剧。 在座的诸位在最后的时刻能够猛醒，这是令人高兴的。 希望你们能在民主阵营中找到真正的出路，并终于跟上历史的潮流。 我相信，凡是有爱国心的人都不难做到这一点。 来，为国家更始，为诸位新生，干杯！"

我们一齐站起身，杯觥交错地碰了一番以后，一齐把酒喝下去了。

随后，他又问了我们每一个人的家庭情况。 他安慰我们说，一俟全国解放，便会立即安排我们与家人团聚。 他还特别问到我儿子被枪决的情况，对此深表同情。 他说这样一个刚刚开始觉悟的年轻人，应该活到今天而没能活下来，非常令人惋惜。 希望你的女婿能够吸取教训，早日脱离反动军队，回到人民一边来。 因为我是全座最年长的人，他又专门为我夫人的安好祝了酒。 看到共产党竟是如此通情达理，全体战俘无不为之感动。

这时门开了。 一个机要员拿来一封电报和一封信。 他迅速看完电报，顿时面露喜色。

看到他神情变化得如此开朗，王泽伦忍不住小心地问了一句："是否贵军又有胜利的消息？"

"是的。"李将军兴奋地站起来，高声宣布道，"昨天，黄维兵团在徐州以南双堆集陷入我军重围。"

宴会的气氛唰地一下沉寂下来。 这消息是震动人心的：五天以前，我们在千军重围中曾经绝望地等待过黄维的援救。 现在，他们也陷入重围了！

李参谋长马上设法打破这难堪的气氛。他斟满一杯酒说道："当然，我们绝不希望黄维也像黄伯韬一样地死去。我们希望能重新见到他！"

但大部分战俘心情烦乱，竟无人响应。

他平静地笑笑："军情如火，人情如水，不要把它们搅在一起。还是谈家常吧！诸位，如果我个人有什么喜讯，你们是否愿意向我祝贺呢？"

为了不使他独自支撑这尴尬的局面，我首先立起身来响应。我也斟满了一杯酒举起来说道："只要李将军不吝相示，老朽当领衔恭维！"

人们重新笑起来。

这时，那个营长已衣着整齐，头发也剪过了。他咔的一声跨出座位，毕恭毕敬地将一杯酒高高举起："我愿为李将军的喜讯一饮而尽！"

人们笑着，纷纷相问。李参谋长笑视着我，估计我已猜出十之八九，却又笑而不答了。倒是营长忠厚，他一把拉住了机要员不叫走，将酒强敬给她，非要她透露不可。机要员推辞了几番不得脱身，不得已抿了一口，便笑着看了李将军一眼，大声向大家说："两天以前，李参谋长的爱人在后方生了一个儿子！"……

我紧紧盯着楚轩吾那闪着隐隐泪花的老眼，心剧烈地跳动了起来。

……我们纷纷起立，为这个儿子向他祝贺！

我端着酒杯，离开座位径直走到他面前，一手拉住他的手，一手将酒高擎在空中说道："中年得子，乃人生一大幸事。李将军，轩吾虽不能造福后人，在这里却愿为我们的子孙永不征战而连尽三杯！"

"不，"李参谋长也异常兴奋地看着我，"使天下赤子永不厮杀，乃民族一大幸事。但假如四海未平，一旦国家有警，我却愿为我们的子孙共同征战而连尽三杯！"

这一席话，使在场的人无不称叹！赵璧光几乎欷歔起来，就连在国共是非和内战责任问题上一直极为固执的刘镇湘，亦不得不为之动容。

我与李参谋长对视了一下，这杯酒竟是含泪而尽。

最后，我问："你打算给孩子起个什么名字？"

他思索再三，说道："他出生之时，我军已首战告捷。当前我们国共两党大战方酣，两淮人民生命财产损失不小。为了纪念这次我军迅速获胜，也为了预祝下一步战局进展顺利，更为了希望战事早日平息，我想给他起个名字，叫作：李淮平。"

一种从未体验过的激动冲击得我一阵晕眩。李淮平，这个十八年前出生在战场后方的孩子就是我啊！

直到今天，我才知道我的名字竟浸透着父亲如此的器重和深情。 自我懂事时起，父亲在我眼中就是一种威风很重的形象，尤其是在我长大以后，他随着职务的升迁，在家庭生活和我的教育问题上显得越来越不近人情。 可是今天我才知道，一向不苟言笑的父亲，竟也有过如此动人的情怀！

父亲对国家的感叹，父亲对内战的谴责，父亲对后人的希望，父亲在那个宴会上所说的和所想的一切，都像酒一样地浸醉了我的心。

我仔细地端详着楚轩吾，端详着这个已经苍老但依然筋骨刚健的老军人，心中突然感到他是这样的慈祥、威武、亲切！

这时，各处房间里翻天覆地的抄查已渐渐停止了，大家聚集在院子里，喧闹地清点着那些堆积如山的东西。 夏夜的沉闷空气中，混和着浓浓的樟脑气味儿。

我看了看墙上的挂钟，已经是深夜一点钟。 这时一个红卫兵推开门走进客厅，一边掸去满头满脸的灰尘，一边没好气地向我说："他妈的，这个老家伙真是个滑头。 到处翻遍了，什么反动的东西也没发现！"

"你们在院子里堆了些什么？"

"全是浮财！ 老东西简直太阔了。"

"是啊，那是多少的兵血啊！"记录一边整理他的材料，一边感叹了一句。

"一点不错！"我命令道，"把生活必需品给他们留下，其他东西统统拉走！"

"好！"那个红卫兵转身出去了。

我看看楚轩吾，他一动不动地坐在凳子上，仍然沉浸在往事的回忆中。

"楚轩吾，你能担保你讲的都是真实的吗？"

"我说过，这样的经历不可能伪造。"

"那好，把你讲的全部写成书面材料。尤其是关于李参谋长，更要详细一些，我们将找到他核实。有一句扯谎，拿你是问！"

"好吧，我可以做到。"

"现在去看看你的妻子吧，安慰安慰她，就说除了抄一些你们不该有的东西，我们不会伤害任何人的。"

他点点头，慢慢站起身往通向西厢房的小门走去。到了门口，他转回身望了我们一眼，似语而未语的样子，随后叹了一口气，转身消失了。

"老东西，来头不小！"我的朋友津津有味地回味着楚轩吾的故事，不禁啧啧称叹。他在桌子底下踢了我一脚："怎么样，叫你爸爸会会这位老相识吧？"

"慌什么？现在还搞不清他到底是什么人。"

他把全部记录往我面前一推："我看假不了！不过行啦，咱们该收兵了吧？"

我拿着材料贪婪地浏览着："好，收兵！"

这时，又有一个红卫兵推门进来，俯在我身边轻轻问道："这家里还有两个孩子，你是不是做做他们的工作？"

"孩子？ 多大的孩子？"

"噢哟，挺大了，和咱们差不多。"

"那带来吧。"我翻阅着潦草的记录，心里一点也不想见他们。 说实话，对于不得不放下这珍贵的回忆而去开导那些子女，我感到有些讨厌。

在楚轩吾消失的小门中，又出现了两个身影。 他们穿着夏季的淡色短衫，一大一小默默地站在那里。

"过来。"我掏出钢笔，对一处记错的细节做了补正。

他们好像没搞清我这心不在焉的招呼是向谁说的，晃了晃没有动。

"过来！"我不耐烦地再次命令。 可是他们仍然一动不动。"聋子啊！ 你们……"我生气地将记录啪地摔在桌子上，抬起头冲他们呵斥起来。 可是当我终于看清了那个姐姐时，却瞠目结舌地惊呆了。

一言不发地站在那里的，正是我三个月前在树林中结识的那个女孩子：南珊。

她低着头一动不动地站着，脚上是一双干净的黑布鞋，眼光就停在鞋尖前的那一小块地面上。 现在，她穿着单薄的夏衫，一个比她小三四岁的弟弟紧偎在她身边，手攥着她的衣襟，正胆怯地望着我们。 此刻，她已经完全不是树林中的那个女孩子了。 这不是由于她的装束变了，而是由于那种天真烂漫的气息已从她身上一扫而光。 她那整齐朴素的身影笼罩在这惨白的日光灯下，真是一片茫然和苍白。

　　我的心突然凝固了，随后便开始猛烈地剧跳起来。 一股痛苦的浪潮从我心头涌起，那沉重的压力立即把一切都盖住了。

　　是的，站在那里的，就是我不久前才刚刚熟悉的那个女孩子。 我们曾在一场小小的冲突中获得了友好的谅解，我们曾在一番海阔天空的谈论中交换了各自心中的真理，而她还那样信任地把一本心爱的书借给了我。 可是现在，我们却在这样一种场面中重逢了：她将要受到一番无情的盘问和训斥，而我却坐在审问席上。

　　我两眼直瞪瞪地望着她，好久都说不出一句话来。 直到屋中开始响起了窃窃私语声，我才如梦初醒，勉强招呼了一句："过来……"

　　身边的人立刻用愤怒的眼光瞪了我一眼。 我吃惊地听出来，我的声音竟突然变得如此无力和温柔！

　　那个小男孩听后想向前走，但是被南珊紧紧搂定，一步也无法挪动。 我不得不咬咬牙，直视着她，第四次发出了命令："过来！"

　　这是一个陡然变得强硬起来的命令，因而更加显得不可抗拒。 南珊似乎犹豫了一下，终于搂着弟弟弱小的肩膀，慢慢走到客厅中央，在楚轩吾坐过的那把凳子旁边站住了。

　　"坐下。"我说。

　　南珊却坚定地站着。 她的手显然抓得很用力，以至于那个乖怯的小弟弟紧靠在她的身边一动也不敢动。

　　我明白了：我不可能命令她去做任何事情。　她现在已经是一个被不幸和痛苦武装起来的人。　任何力量，哪怕再严厉、再无情，也不可能更沉重地打击那颗已经木然的心灵了。

　　周围是一片严肃的沉默。　一切都在等着我的命令去开始。　环境和气氛都不允许我再有任何的犹豫和徘徊。　于是，我不得不开始审问了。

　　"姓名？"

　　没有回答。

　　"我在问你：你叫什么名字？"

　　她慢慢抬起头，无言地看了我一下。　她的眼睛中并没有丝毫的敌视和哀怨，只是充满了失望。　在那双空空荡荡的眼睛后面，再也没有那个天真大胆的心灵在望着我了。　她嘴唇紧紧地闭着，连回答的表示也没有。　但那茫然失望的神情却好像在说："何必还问呢？　你早已经知道我叫什么名字了。"

　　面对这令人难以忍受的无言，我毫无办法，只得转向她的弟弟。

　　"你叫什么？"

　　他怯生生地看着我："我叫南琛。"

　　再也没有什么好问的了。　我狠狠地咬着牙，心中隐隐感到有些生气。　也可能是难言的痛苦吧，但它已经开始把猝然相遇时产生的那种慌乱和难堪压制下去了。　这时，我身上的军装，我臂上的袖章，我所处的位置和身份，以及这大举查抄的严厉场面，都使我才获得不久的那种冲天的，然而却是虚伪的正义感和使命感迅速地复活起来。 我开始猛烈地谴责自己的软弱，这就再也不容我对南珊抱有一丝一毫的同情。于是，我的耳边响起了我自己斩钉截铁的声音：

"南珊，南琛，我们是红卫兵。 对于今晚的抄家，你们作为子女，我必须严肃地向你们说明一下。 今天来抄你们的家，对于革命来说是完全必要的，或者说，这是一次必须进行的革命行动。 你们应该很好地对待。 你们必须懂得，你们这个家庭是罪恶的和可耻的。 这是国民党反动派遗留下来的一个角落，它使你们从小就生活在剥削阶级的残渣余孽和污泥浊水中。 因此，你们应该仇视它、反抗它、抛弃它！现在，这个行动正在全市进行，所有你们这些做子女的，都必须与家庭划清界限。 你们要清醒一些，脱胎换骨的改造虽然痛苦，但革命的潮流是无情的。 谁要是甘心情愿做反动军阀的孝子贤孙，谁就难免成为剥削阶级的狗崽子，为旧制度殉葬！ ——你们听到了没有？"

"嗯！"南琛马上点了点头。 这个幼稚的小男孩在这样小的年纪就已经习惯了屈服，但他显然根本就不能理解我的话对于他来说究竟意味着什么。

"你！"我盯着南珊狠狠地追问了一句。

仍然是令人难以忍耐的、不可侵犯的沉默。 她似乎就依靠着这沉默与我对抗着，并且简直是用它筑成了一道坚不可摧的城墙。

我的朋友终于被激怒了。 他啪地一拍桌子，猛地站起身来，在近在咫尺的地方用手指直指着南珊那低垂的头，愤怒地咆哮了起来：

"你是在反抗！ 在猖狂地反抗！ 你想用沉默来表示你的抗拒、仇视、诅咒和一切反革命的情绪，是吗？ 你说出来！你的阶级立场站在哪一边？ 你的阶级感情倾向谁？ 你的阶级本能又将使你想什么、说什么、做什么？ 你说！ 你不敢说，是吗？ 你想把你心中的一切恶毒都隐藏起来，然后在适当的时候把刀口——如果可能的话还有枪口和炮口对准人民，对准我们，对准无产阶级专政，是不是这样？ 告诉你：你想错了！ 你必须唾弃你的外祖父！ 你必须鄙弃你亡命国外的父母！ 你必须抛弃你这个罪孽深重的家庭！ 否则，你，你的弟弟，如果你将来做了母亲还有你的子女，在这个社会中都永远也不会找到出路！"

对于自己的过去，谁可以没有自尊？ 对于自己的将来，谁可以没有自信？ 然而我们这急风暴雨般的呵责和斥骂却把这个女孩子的过去和将来都扫荡得干干净净。

南珊仍然无言地站着，但她抱着弟弟的手臂已经没有了力量，头也垂得更低了。

"你听到了没有？"我知道她心中那沉默的城墙已经完全崩溃了。

南珊站着，过了很久，才咬着嘴唇轻轻点了一下头。 一颗泪珠顺着她的脸颊滚落下来，沉甸甸地在撤去地毯的地板上跌得粉碎。

　　直到今天，我都无法理解，我怎么竟能对她说出那么一套冷酷无情的话，更无法理解，为什么在她受到了那样猛烈的打击以后，我还能对她心中那道已经倾颓欲堕的防线做了最后的一击。 因为无论如何，我都无法把那一连串大张挞伐的字眼儿与南珊这样一个女孩子联系在一起。 而当我的朋友把那些肮脏和丑恶的字眼儿接连向她打去的时候，我清清楚楚地记得，我的心怎样被绞得生疼！

　　"走吧！"我怀着铁一般冰凉的心向她发出了最后的命令。

　　南珊慢慢转过身，带着弟弟向那道小门走去。 当她已经将门推开的时候，我突然想到了她的那本《莎士比亚戏剧集》。 仓促中，我把她叫住了：

　　"你站一下！ 还有一件东西，一本书……"在众目睽睽之下，我一时竟找不到合适的语言来说起那件事。

　　南珊站住了，但是没有回头。 她站在门口把头摇了摇，便痛苦地收缩着双肩，搂着弟弟继续走了进去。 她走得那样缓慢。 当她的身影已经消失在门后的时候，她留在门沿上的手指很久才慢慢地、发着抖松开。 那扇装着弹簧的门呼的一声打进房间，又反弹回来，它在那里来回晃动了几下以后，终于完全停住了。

大街上夜深人静。装满了衣服、书籍、器物、皮箱和一套大沙发的卡车，满载着红卫兵，在寂静无人的街道上飞驰。

我的红卫兵战友们靠在车帮上，脚下踩着满车的"战利品"，高唱着雄赳赳的红卫兵战歌，全都沉浸在胜利的兴奋和欢乐中。

我一言不发地直立在卡车上，风从我耳边呼呼地吹过。我什么也不说，什么也不想，心中乱糟糟的，又像是空荡荡的。三个月来，我曾经反复去推想那个叫作"南珊"的女孩子究竟是个什么样的人。我曾经设想过她的父母是学者、作家、艺术家，或是和我父母一样的党或军队的高级干部。我毫不怀疑她一定是在一个极好的家庭中成长起来的。甚至当红卫兵运动刚刚兴起的时候，我还曾经那么希望能在自己的队伍中看到她……可是，我却没有料到她的家庭原来是这样的。她的父母一直逃亡国外，不，实际上她没有父亲也没有母亲，她只有一个在战争中一败涂地的老将军做外祖父，和一个弱小的老太太做外祖母……

我想着，想着那满目疮痍的战场——在那冰天雪地的炮火中诞生了我和她；想着那浓荫密障的树林——在那座古老的高台上，我们在一场天真的高谈阔论中建立了最初的友谊；还想着刚才那个宁静的庭院和古朴的客厅，想着猝然相遇时她那低垂的头、苍白的身影和那颗摔碎在地板上的沉甸甸的眼泪……我漫无边际地想着。不，其实我什么也无法想，我的脑海被一幕幕急促闪过的战场、宴会、树林和客厅完全淹没了。

南珊，南珊……我心中反复想着这个名字！

我就这样沉默着，任凭战友们震耳欲聋的歌声在我的耳鼓上震响。那时候，在我的感觉中已经什么都没有了。我只感到无数雪亮的路灯，从我头顶上的夜空中一盏又一盏飞快地向后滑过……

第三章　冬

黑暗中，我手忙脚乱地洗印好最后几张照片，把显影夹子往药水盘里一丢，伸手拉开了厚厚的黑窗帘。顿时，一片白花花的光线刺得我睁不开眼。

我向结满冰花的玻璃上哈了一口气，透过融迹向外一望，才发现当我闷在黑暗的盥洗室中赶制这些质量低劣的照片时，外面的鹅毛大雪已经飘落很久了。

我看看表，离火车出发只剩半个多小时了，于是把那一堆未经剪裁的照片往怀里一揣，匆匆穿起大衣，三步并作两步冲下楼梯，取出车子推到大街上，跨上去便拼命地蹬动起来。

这场大雪给我骑车增加了不少困难。厚厚的雪花不断迎面扑到我的脸上和脖子里，马上便化成一滴滴冰凉的水珠，令人发噤。但是，寒冷却挡不住友谊的召唤。

今天，我的几个好朋友就要到内蒙古大草原上去落户了。而他们走后不久，我也将应征入伍，并且完全不知道会在什么地方，服役多久。所以，我们这些在"文化大革命"的动荡中结下友情的伙伴，可能会在很长的一段时间中天各一方，几年、十几年，甚至几十年，再要欢聚将很难了。为了珍重这学生时代的友谊，昨天我们难舍难分地做了最后一次聚会，然后又到我们常去游玩的那个公园合影，相约今后在祖国的天涯海角永远相互怀念。

马路上，我踩着越来越厚的积雪艰难地向前冲去，心中只有一个念头：快点赶到车站，把最后聚会的照片分送给朋友们，然后坐在车厢里热热乎乎地再好好谈一谈。现在送行的人中可能只差我一个人了，朋友们不知正等得多焦急呢！

"今日的送别，可能是我们几年、十几年，甚至几十年中的最后一面了。"我心中这样想着，在大雪覆盖的街道上留下长长的车印。但是当我终于赶到车站，跑进站台的时候，这里早已人山人海，要想上车简直不可能了。

车站里的热闹是空前的。在站台中央一条写着"热烈欢送知识青年上山下乡"的大红横幅标语下，一群年轻人正起劲地擂动一面大红鼓，敲着好几对铜钹和铜锣。他们高踞在人群的头上，用有节奏的喜庆巨响震撼着整个车站。在旁边的一片空场上，上百个小学生打着花鼓，跳着舞蹈，"咚咚"的鼓声随着孩子们整齐的动作阵阵传来。在人们的头顶上，高音喇叭正播放着"到农村去、到边疆去、到祖国最需要的地方去"的雄壮歌声。 人群中还不时响起阵阵口号声。 同时，十几面红旗在站台里来回晃动着，更增加了这一片热闹而混乱的气氛。 这些锣鼓声、广播声、口号声，以及人群中的呼唤声、谈笑声混合在一起，简直就是一片狂涛巨浪，一场急风暴雨，使人的耳朵除了一片轰鸣之外，什么也听不见。

我踩到花圃的铁栏杆上，越过攒动的人头望过去，只见一层层的人挤满了站台，簇拥着一列绿色的车厢。 它现在正安静地卧在长长的铁轨上等待着，只要一声汽笛长鸣，它就会把这人山人海中许多人的子女和亲友送到无比遥远的地方。

我跳下栏杆，开始使劲地扭动着身子向车厢挤去。 但当我拼命挤到了离车厢三四米远的地方时，人群就像压缩过的一样，再也挤不动了。 我踮起脚尖伸长脖子，向各个车厢窗口张望，车厢中已经坐满了人，每个窗口都露着三四个脑袋在与外面的人讲话。 但是我却看不到一张熟悉的面孔。

"李淮平！ ……"突然从嘈杂的人声中隐隐传来一声呼叫。

我顺着声音寻去，终于在几个脑袋后面发现了朋友的半张脸。 他在车厢里着急地叫着，甚至把嘴也伸了出来，我却根本无法听清他说的是什么。

"他们都在哪儿？"我大声喊着，声音却淹没在浪涛中，连我自己都不大听得清。

他咧着嘴，使劲摇摇头。

"他们，他们呢？"我高高举起照片，用更大的声音问。

他伸出大拇指向后跷着。我立即明白，他们都在上面了。可是我怎么上去呀？

我真恨不得从人群头上爬过去。我正在用力，前面一个人用胳膊肘用力顶了我一下，不满地说："穷挤什么？没见人都挤成罐头了！"

"我急着送东西！"我手里满把的照片仍然举在头上。

他看了一眼，不以为然："什么了不得的东西！劳驾，咱们都老实待会儿吧。"他手上，也无可奈何地捧着一个缝紧的布包。

是啊，今天来到这里的所有人都有些要紧的话要说，有些要紧的事要办。我抱歉地笑笑。他回过头继续和车上一个小伙子喊话去了。

我知道，想到车厢跟前去已经毫无希望了。我满身大汗地挤出人群，看来今天的送行要彻底地泡汤了。

这时，播音器中那激越的歌声突然停止了，随后响起车站播音员清亮的声音。站台上的喧嚣声顿时安静了下来。

"革命的同志们请注意！革命的同志们请注意！由于前面的道路需要清理，发往哈尔滨的十三次慢车大约要晚发车一至两个小时，请旅客和上山下乡的知识青年同学们不要远离，听候消息！请旅客和上山下乡的知识青年同学们……"

刚刚安静了一下的站台立刻重新涌起一阵骚动。有人抱怨，有人庆幸，有人咒骂。同时人群开始活动起来。很快，我就听到了人们在议论晚点发车的原因：

"前面怎么了？发往呼和浩特和包头的车不是刚走不一会儿吗？"

"听说今天发的车全被截住了，根本走不出去。"

"怎么回事？"

"通县那边两派武斗，农民把县城都包围啦！"

"他妈的，真是鸡犬不宁！"

"谢天谢地，我巴不得这趟列车开不动！"

这消息立刻燃起了我的希望。一个小时，足够我们在车厢里好好聊一阵的了！于是我开始四下打量起来。

突然，我远远发现车尾那边冷冷清清，心中不禁一亮：如果我能从尾车钻上去，不比在车窗前更强吗？我决心试试运气，于是沿着候车室的巨大窗脚，踩着积满白雪的花圃向尾车跑去。

这里可真是冷清多了，和那边锣鼓喧天、红旗飞舞的热闹场面相比，这儿简直就是一片冷落的荒岛。列车旁散乱地堆放着一些行李和邮袋，停着一辆电瓶车。几个工人正坐在行李间吸烟，还有两个女乘务员靠在车厢上轻松地聊着天。

我装作寻找行李的样子，开始在电瓶车和行李堆中随随便便地走来走去。工人们看看我，并不理会。一个乘务员注意到了我，但显然放不下她们正在说的笑话，也没说什么。我镇静地转了两圈，便贴着车厢向外走去。当我靠近车门的时候，突然迅速地抓住扶手，攀上了车厢。

一个乘务员叫了起来："哎，你要干什么？"

我随随便便一扬手："那边上不去了。"脚已经毫不犹豫地跨上车厢，大步向里面走去。乘务员并没有追上来，大概她们相信绝不会有人愿意免费搭乘这趟列车吧。我总算上了车，心中不禁松了一口气。

我顺着车厢快步向前面插去。这时我才发现，车厢里除了堆着过多的行李，人们只不过都挤在了窗口，里面其实并不拥挤。

这些即将远行的知识青年真是各种各样。他们大都穿着厚厚的棉衣，戴着厚厚的棉帽。也有个别的学生穿得很单薄。他们有的正挤在车窗前和车外的亲人说着话，有的在座位上起劲地聊着天，有的则在收拾或者捆绑行李。还有几个无人过问的学生正起劲地围着一只纸箱子在打扑克。

我穿过他们中间，一直走到尽头，去推通向第二节车厢的门。门竟是锁着的。

我暗暗着急，四面看了一下，并没有乘务员，只见最近的座位上高高地跷着两只脚，一个人竟蒙着大衣在这个激动人心的气氛里睡着了。

我使劲捶着厚厚的车门玻璃，想把乘务员叫过来开门。那个睡觉的人却掀开大衣坐了起来。

"要过去吗？"他揉着惺忪的睡眼，没精打采地问。

我看到他的臂上戴着一块绿呢的列车长标志，于是点点头。

"下乡的吗？"

"是。"我冷静地撒了个谎。

他伸出手："把证明给我看看。"

"什么证明？"我有点慌了。我从未听朋友们说起过他们下乡还要有什么证明。

"光荣花。"他仍然没精打采地坐着。

我努力镇静着自己，心中迅速地编织着谎话："我下车办点事，结果怎么也上不来了。我的东西都在前面。我在七号车——我的花也在前面。"

他又看了我一眼，终于懒洋洋地披上大衣站起来，走到门边，掏出亮晶晶的钥匙插入锁眼一拧，门开了。

"过去吧。"他说。

我感激地点点头，赶紧走了过去。门在背后砰的一声关上，随即又锁住了。

第二节车厢可是拥挤多了，过道中堆满了行李。我刚一进来，便不得不抬高了腿，从那些包袱和皮箱中深一脚浅一脚地迈过去。但没走几步，我就必须踏着座位才能越过去了。我从一个座位跨到另一个座位上，一路不断地给人道歉：

"对不起！……请让一让……让我过去……谢谢！"

他们有的忙着自己的事情，有的讨厌地看看我，并没有怎么理会。可是当我快到最后一个座位时，一个人却吼的一声叫了起来："哪儿来的混蛋！ 你他妈乱踩什么？"

我站在座位上向下一看，一个身材粗壮的中学生站起来，涨得紫红的脸正恼怒地看着我。 一只大狗皮帽子被我不小心碰掉在地上，正扣在一大堆瓜子皮和烟头中间。

我赶紧道歉："对不起，行李把过道都堆满了。"

"少他妈废话，你给我捡起来。"他一手叉腰，一根手指笔直地指着地上，恶狠狠地瞪着我。

显然，我面前出现了一个蛮横无理的家伙。 看他那翻着眼白的眼睛，好像如果我不弯腰给他拾起来，他就要吃掉我似的。

我心中冲起一股怒火，咚的一声跳到地上牢牢站定："我不捡。"

现在，我已经站在了宽敞的过道里，而他的腿却挤在行李中间。 在这个极为有利的位置上，如果我猛击他一拳的话，他肯定会翻倒的。

"为什么？"他凶狠地盯着我。

"因为我不乐意！"我也挑衅地看着他。

"你敢！"

"你试试看！"

我威风凛凛地与他对视着，心里打定主意，除非他不再挑衅，否则我宁愿不去送朋友而在这里进行一场恶斗！

对方显然摸不清我到底有多大的能耐，眼神有些犹豫起来。 我抓紧机会马上脱身，冷冷说了句："不懂礼貌，就自己去捡你的帽子吧！"说完转身走掉了。

那人在我背后捡起帽子，一边用力拍掉上面的烟灰和尘土，一边低声骂了几句。我不理睬，径直走到车厢门前，一拉，门竟开了。我决心不再做任何纠缠，因为这样的车厢，我还得穿过五六节才能找到朋友们呢。

我大步向第三节车厢走了进去。但当我经过车厢衔接的夹道中时，脚步却在突然之间站住了。在那个不容思索的瞬间，我并没有意识到我看到了什么。完全是一种本能使我猛然收住了脚步。我停在狭窄的车厢过道间定睛向前望去。

只见在最近的一个座位上，背向我坐着一位老人。他穿着水獭皮领子的大衣，正在听他身边角落里一个我看不见的人讲着什么。那花白的头发、宽阔的肩膀，还有那充满军人气概的笔挺的坐姿，看去多么熟悉！猛然间，我想起了灵隐胡同七十三号客厅里坐在沙发上看电视的那个背影，心中不禁大吃一惊：这是楚轩吾！

距离那天深夜的抄家，已经过去两年多了。现在，他坐在火车上，无论如何也不会想到曾经领着二十四个红卫兵袭击过他家的那个人又走到了他的背后。

"楚轩吾？他怎么会在这里？……"我心中疑惑地想着。突然，我的心咯噔一声："怎么？难道南珊……她也是这一趟车走吗？"

公园里那个侃侃而谈的女孩子和客厅中那个默默无言的少女一齐在我眼前浮现了出来。两年多了！两年多来，那一切难忘的情景从未在我心头消失过。 而现在，她可能就坐在离我几步远的座位上。 生活的洪流和旋涡，又将我和她冲到了这样近的地方，可是这次我却没有勇气走上前去了。

我默默地退回来，停在那里，悄悄看清了他们全家的位置：楚轩吾紧挨过道背向门口坐着。 他面前那个穿着棉猴的中学生正是南琛。 这个男孩子比那时已经长大了许多，但那双稚气的眼睛却没有变化。 现在，他正出神地望着车窗外面纷纷扬扬的大雪。

就在南琛的身旁，坐着一个人。 这个人几乎完全被夹道的拐角挡住了，只露着半个肩膀和搭在大衣剪绒领子上的粗粗的辫子。 尽管我完全看不到那张端庄秀丽的脸，看不到那双明亮聪慧的眼睛，但那熟悉的辫子，以及那安静的坐姿，却使我立刻就认出了这正是南珊。

可能这节车厢都是兄弟姐妹一同下乡的，所以户数寥寥无几，座位远不是那么拥挤。 这十六七家人之间被大堆的行李隔成了一个个独立的单元。 从那里面穿过去，不引起他们的注意是不可能的。

我的心收缩了。 一种巨大的力量阻挡在我面前，使我不能再前进一步。 我好像感觉到只要我的脚重新踏进那个家庭，在那里发生的事情就将是无法想象的。 但同时又有一种巨大的力量禁锢住我，使我无法离开。 我知道如果我转身走掉，我就会永远失去这个家庭，失去这个家庭中的南珊。不，我不忍失去这一切！ 这一切当中不仅有南珊和她的家

"文革"中期,苦闷的 20 世纪 70 年代

1965 年，戴着共青团团徽初中毕业　　　　　　1969 年冬，入伍照

"文革"中，与好朋友钟加鸣（左）在北京四中校园。那时大家都不戴红卫兵袖章

当初的恋人,为她写了一部小说

1972 年独游泰山时在南天门,后来这里成为小说中的重要场景之地

20 世纪 80 年代，在湖南采风

20 世纪 90 年代初，在中苏边境采风

20 世纪90 年代末，在三峡采风

2000 年全家合影

人，而且也有我父亲的经历，有我出生的历史，有那片树林中的巧遇，海阔天空的谈话，以及对我的人生发生了剧烈影响的那次抄家的全部回忆……我被一种矛盾而复杂的心情紧紧地束缚在那里，千万种情绪把我牢牢地钉在了这狭小的列车夹道中。

于是，在这冰天雪地的日子里，在这即将远行的列车上，我沉默在一旁，听到了南珊和她的家人在告别时所说的一大段对话……

此刻，从楚轩吾身边我看不见的角落里，正传来老夫人的啜泣声：

"……你们都还是孩子……就要远行……万一有个什么好歹，叫我怎么向你们的父母交代！……"

"放心吧，珊珊已经很懂事，她会照顾好琛琛的。"楚轩吾极力安慰着她。

"她又有多大哟！……在家守着我们，怎么都好说，一旦离家在外，千里迢迢……"她说不下去了。

"唉，事已至此，心就是放不下也要宽一宽。"楚轩吾叹了一口气，"当初我弃学从军，去投冯玉祥的时候，母亲也是难离难舍。但在那个兵荒马乱的年头，即便是官宦人家的子弟，不外出谋事又怎么得了！现在国家是太平多了，孩子们何尝不可以出去走一走，为什么一定要坐守门庭呢？让他们自己去闯吧，我们不能照顾他们一辈子的。何况我们还能操几天心！"

"就是我们死，也要等子明他们回来，叫我们……见见团圆……"老太太已泣不成声。

"唉，哪就到了那步田地！"楚轩吾摇摇头，嗓子也哽咽了起来。

"姥爷，姥姥，你们不必牵挂得这么沉重。到了乡下，我会带好弟弟的。"

这是南珊平静的声音。这声音我已经近三年未听到了。虽然在抄家的时候我曾经严厉地质询过她，但她并未开口。现在，这声音在我心中重新唤起了树林中那次巧遇的亲切回忆，也唤起了当她突然出现在我面前时那种痛苦而难堪的情景。

"那边的情况你有所了解吗？"楚轩吾问。

"听打前站的同学回来说，公社安排得还是很不错的。房子都是新盖的，取暖的煤也调拨得很充足，火炕我们慢慢会习惯的。到那儿以后，我就先把琛琛安顿好，能住在一起就住在一起，不能的话就住得近一些，尽量不叫他离开我就是了。如果缺什么东西，我会随时向家里要。不过这些年我也打算对他严一些，十三岁的孩子，再娇下去也不好。我觉得姥姥对琛琛也太宠了一些。"南珊的话完全是一个当家姐姐精心打理的语气。

"困难还是要估计足。北方冷，衣服都带足了吗？"

老太太答道："厚衣服差不多都带上了。两人的大衣都衬了皮里子。珊珊还帮我给琛琛做了件皮背心。"

"姥爷，为了做这件皮背心，姥姥把自己的大衣里子都拆了。"

楚轩吾掀起妻子的大衣角看看，叹了口气："我不是还闲着床皮褥嘛！"

"我跟姥姥翻遍了箱子，只找到两张皮子，一件是您的旧皮裤，一件就是姥姥的皮大衣。"

"其他那些呢？"

"没有了。"

"抄家时拿走的吗？"

南珊不语。

"这些皮子也不够做两件大衣啊！"

"他两人也就是胸前背后衬一衬罢了，哪还做得起整件的皮大衣！"

楚轩吾带着一切老人在这种时候都会有的那种认真，又伸手去掀南琛的大衣角，却被南珊拦住了：

"姥爷！就别看了。我们一起去的同学中能有皮毛的又有几个！放心吧。我们的条件已经非常好了，再求全就过分了。"

楚轩吾只好点点头："好吧，那这些事我们就不操心了。你们到了以后，快些来信，别叫家里牵挂。"

"嗯。"

南珊说的是对的。在我们的社会中，失去政权的国民党将领们所享受的仍然是一种物质待遇比较优厚的生活。 正是因为这样，楚轩吾虽然由于被我们抄了家而大大降低了生活的水准，可是当南珊姐弟去插队的时候，他的夫人所能做的物质准备与一般市民比起来仍然还是相当充裕的。 这真的是一种充满了矛盾的生活。 这种政治地位与物质生活的反差，对于这些国民党将领本人可能还无所谓，但却使他们的子女陷入了一种十分复杂的环境当中。 他们幼小时的生活往往是较好的，甚至是很好的，但将来的前景却无比暗淡；他们在成长中能够受到很好的，甚至是非常好的教育，但成年以后却绝难有发挥资质的空间与机会。 因此，他们的思想与性情也就充满了矛盾。 他们常常会感到自卑，但绝不认为自己天生低劣；他们对理想充满了热爱与追求，却又缺乏蓬勃的自信。 于是，安分守己与勤奋上进都成了他们的特点。 我的同学中就有一些这样的人，他们的言行举止都带着这种生活的明显痕迹。 这使我对他们不免在同情中夹着些许的轻视和疏远，无形中把他们看成是被时代和社会遗弃的人。 本来，南珊就是他们中间一个出类拔萃的佼佼者，她的言谈举止，甚至她的一举手一投足也都带着这种生活背景的明显痕迹，只是由于她给我的印象太美好了，以至于我在不知不觉中把她所生活的环境也完完全全地理想化了起来，所以当她生活的真实情景突然出现在我面前的时候，我才会那样大吃一惊。

然而生活的真理毕竟是：得意容易使人腐败，磨难却使人趋于完善。 现在，她马上就要离开这个陶冶了她十九年的环境，去过一种崭新的、对于任何一个女学生来说都是陌生而困难的农村生活了。 但是我却相信，当这种生活摆在南珊这样一个对生活充满了韧性和进取心的女孩子面前时，她一定会勇敢地走进去的。

我没有猜错。 她说道："农村生活很艰苦，这我知道。尤其是对于琛琛，这艰苦更要显得重一些。 但艰苦不等于痛苦，因为那里有创造和收获。 我相信我们会找到许多我们在北京永远也得不到的欢乐。"两位老人默默听着外孙女这略带哲理的话。"琛琛一向害怕动物，在家连小鸡都不敢拿，到农村后他会跟动物交上朋友，锻炼出一个男孩子应有的勇气来。 他身体也弱，但是没什么疾病，像他这样大的孩子，身体本该强壮得多。 姥姥，您现在担心的应该是他将来有没有独立生活的能力，而不是他会吃什么苦。 到农村后，我准备教他些缝补炊厨，过几年你们如果能去看我们，他也许已经学会给你们烧饭了。 另外一些必要的功课我也准备再教教他。 琛琛现在很喜欢无线电，有关的书籍，我已经给他准备了一些。 我相信，在农村我们会很快适应，并找到许多新的乐趣的。"

南琛还在看着外面的雪花。

"好，琛琛就交给你了。 ——琛琛，到了草原要听姐姐的话！"

"嗯！"南琛十分听话地点了点头。

南珊细心周到的设想减轻了老人们心头的重重忧虑，一家人的心情缓和多了。

"还有，我房间里放着几只纸箱子，那里面都是我要看的书。如果那边条件允许，我会写信向家里要，你们给我寄去或是捎去。"

"生活上该多用些心计了，别总是忘不了那些书呀书的。"这是姥姥疼爱的责备。

"不嘛！"南珊有点撒娇了，"我可不爱过没书的生活。不爱书和不知书的人，生活不会美好。"

"这是谁说的呀？"

"我呀！"

"哟，小孩子家哪有这样说话的？"

"我为什么不能这样说呢？书上可以说的我都可以说。何况我信呢！"

"学究气！"老太太大概瞪了外孙女一眼。楚轩吾也满心宽慰地扑哧一声笑了。

这充满疼爱的笑声，是对于子女感到满意的欢笑。它从一片悲伤中荡漾起来，却把那悲伤深深地埋藏到欢笑的下面去了。

"嗯，一个年轻人，即使是一个女孩子，也应该有这点志气！"楚轩吾赞许地点点头，"你们从未离开过家，这次也是机会难得，去见见世面是件好事嘛！你记住我的话：经历是一个人理解任何道理都离不开的基础，只有阅历丰富的人，才可能有很强的理解力和洞察力。 你读了许多书，但蛰居书室是不行的。 珊珊，带着弟弟大胆地去闯生活吧！ 到世上去走一走，去结识人物，去熟悉人间，有机会还要去游览名山大川，看看祖国的大好河山！ 古人讲秉烛夜游，良有以也。 你带着书到世上去，会其乐无穷的。 去吧，孩子，你想得对：到艰苦的创造中去寻找欢乐，不能靠我们这些不中用的老家伙过一辈子。 年轻人的道路从来都是自己走出来的！"

他们说的算不上是什么豪言壮语，鼓动年轻人不顾一切地去奋斗的话我听得已经太多了。 可是我了解他们的生活。当他们也用这些话来激励自己那种生活的时候，我却真的感觉到了这些话本应有的那种力量。 对于他们来说，这不可能，也不允许是一套充门面的虚饰和一通心血来潮的牛皮，而必须是踏踏实实的勤劳与认认真真的智慧。 正是从他们一家人这坚强而质朴的生活态度上，我相信，南珊最终一定会带着她的弟弟从生活的磨练中勇敢地走出来。

在已经完全平静的气氛中，他们开始谈起一些琐事。

"临走前，学校里的事情太多，没来得及去看郑姨，而且我又怕她难过。 我们走后，千万给她带个好。"

老太太这回是真的在抱怨了："你这孩子，她自小带了你十几年，现在都要走了才想起人家。"

"姐姐夏天带我看过她的！"南琛显然想起了一次快活的探望，高兴得两腿一弹，好像要跳起来。 南珊急忙按住他，一条手臂划过半空，亲昵地搂住了弟弟的肩膀。

一家人快乐地笑了，引得其他座位上的人也向他们这边张望。 他们压低了笑声。

老太太问南琛："姐姐带你干什么去了？"

"送药嘛！"

"药？"

"夏天她的偏头风又犯了。 我们一个物理老师的父亲给了个偏方，我和琛琛送去了。"

"方子可靠吗？"

"人家是个退休的老中医呢！"

"难能可贵！ 药效还好吧？"楚轩吾由衷地称赞了外孙女的行为。

"还好。 琛琛那套格子衬衫就是她那时做的。"

"钱和布票给人家了吧？"

"给了。 原来她死也不要的。"

"真难为她……"

我想起那天晚上我们一群红卫兵破门而入时那个吓呆了的中年妇女，心中感到一种说不出的滋味。 这时候，我既害怕又希望听到他们谈起那次抄家。 我想知道那痛苦故事的后来发展，却又特别怕听到我们行为的后果。 激烈的思想斗争和感情上的悔恨使我真想猝不及防地走到他们面前，庄严地道个歉，然后马上走掉。 那样，我相信南珊和她的家人会原谅我，而我自己也会好受一些。 然而我没能鼓起勇气那样做。 我既没有力量上前，也没有力量走掉，尽管这种藏形隐迹的举动已经引起我自己深深的憎恶，可我还是待在那里继续听下去了。

"有一点，我总也放心不下：珊珊，你有时很自信。 你真的认为自己很强吗？"

"不认为，姥爷。"

"从心底深处好好想一想。"

南珊不解地想了想，仍然肯定地说："我真的不这样认为。"

这时楚轩吾作为一个公正的姥爷，开始对南珊做出最严肃的评价："你姥姥总说你温顺、懂事，但我对你的看法却不这样简单。 你太爱看书了，爱得有些不正常。 你在很小的时候，就常常把自己关在屋子里一看就是一整天，还常常把一个问题思索很久。 为什么一般女孩子都喜欢的那些活动你不那样喜欢？ 为什么你怀着那样大的兴趣去看那些连成年人都觉得艰深的书？ 尤其这两年，你越发这样了。 家里被抄掉的那几天，你几乎是用一种疯狂的劲头去看书，为什么？ 这件事值得那样失魂落魄吗？ 或是还有其他缘故，使你想那么多、那么深？ 我的孩子，读书是件好事。 但读得过了量却让人担心。 我并不欣赏年轻人无节制地苦读书，这种习惯常常是一种固执、一种自负、一种清高。 如果这样，那就很不好。"

听到楚轩吾竟把这样的评价给予他这个既聪明又善良的

外孙女，我心中有些困惑和不平，虽然我还是想到了抄家时她那倔强的、不可侵犯的沉默。

"不错，你从小就很坚强，甚至受了很大的委屈也不肯掉泪。为了这，姥爷一直喜欢你。可是现在我却不能不重新看待这个问题了：你坚强得有些反常。我真担心你会成为一个恃才傲物的女孩子。你读了那样多，想了那样多，却都埋藏在心里，很少说什么。我知道你的心并不平静。如果你把一个动荡的思想拘禁在一个沉静的性格中，那是很不安的。这常常是一种痛苦的压抑和忍耐。孩子，胸襟要宽阔，为人要通达，不能……"

楚轩吾的话引起了老夫人理所当然的抗议："嘻，你说到哪儿去了？珊珊长这样大，你什么时候见她闹过脾气来？真是，孩子要走了，不说鼓励她，倒挑着毛病数落起她来了！"

"她的倔强，正因为看不到才更严重！"可以听出楚轩吾对南珊确实怀有深深的担忧，"珊珊，一个人在社会上立足，千万不可有骄妄之心。你从小就没有见过母亲，缺少母爱会不会使你对世界失去温柔的感情呢？会不会使你的性格变得冰冷淡漠呢？"

"姥爷，别说了，虽然我从未见过母亲，但我从你们那里得到的疼爱，却远不下于一个母亲，我……"

"姐姐在和姥爷顶嘴！"南琛似乎发现南珊的辩解可以指责，突然叫起来。

"不许瞎说，"南珊笑着轻轻捂住他的嘴，"姐姐在和姥爷说话。——不过，您的话我会注意的。我的好姥爷，就不要再说这些了。"南珊央告似的说。

楚轩吾却固执地摇了摇头："你是个没娘的孩子。我真担心你会因为自己缺少幸福就对他人心地冷漠。你把整个心都埋到书中去了，难道你真的已经将人间看得萧条惨淡了吗？告诉我，孩子，你究竟怎样看待这个世界。如果你对千千万万不同于你的人还怀着眷恋之情，姥爷就放心了。但是如果你由于书看得太深太多而学得只会以理性的眼光来看待人间的一切，那你无疑已经成为一个心地冷酷的人。这种人往往会把自己的理念看得高于一切，把自己的理念看成老百姓的上帝，人人都不过是他对世界秩序进行逻辑演算的筹码而已。这样的人，姥爷是不赞成的。珊珊，人之所以为人，就在于他不尽失赤子之心，所以我虽愿你心中有理，却不愿你心中无情。无情之心，对己尚可，若对人，就是有罪。"

这出人意料的责备使一家人突然之间陷入了沉默，南珊无法再说话了。我看不到此刻她是什么表情，但她肩上那条辫子的慢慢移动，说明她低下了头。

南琛看看姥爷，又看看姐姐，然后用探询的大眼睛望着角落里的姥姥，不知道自己惹了什么祸。

良久，南珊终于用痛苦的声音轻轻说道："姥爷，从内心讲，我是自卑的，虽然我一直不愿向自己承认这一点，但如果要公正地看待自己的话，我却必须说我的的确确是自卑的，而且从小就是这样……我自己知道这种自卑感曾经是多么的沉重，也深知我是经过了多么困难的努力才勉强克服了它。然而即便是现在，我要想享受一下那种充足的自信也还是太难了。对于这个世界，我从来也不敢有任何轻取之心……也可能，这一切的原因都像姥爷说的那样，可是您不知道您把那件事说得多么无情：我没有母亲。是的，我从小就想见到她而始终没有能见到。要知道，这是我心中多少年来……一直……讳莫如深的话！……"痛苦的哽咽使她说不下去了。

这是在走向生活的门槛上对外孙女的严肃考查，楚轩吾冷静而深情地要求她："孩子，说下去。"

南珊坚强地抑制住自己的抽泣。然而这问题是如此地难解：它要求一个少女用自己的理智来对自己的性格和品德做出公正的评价。可是，这样的问题即使对于一个饱经沧桑后站在夕阳垂暮的高峰上回顾全部人生道路的年迈的人，也是一道不容易回答得好的难题。但楚轩吾却要求南珊在即将带着弟弟奔赴边疆的时候把它回答出来。他坚持，他的外孙女应该按照最好的人生信念和道德标准生活在这个世界上。

南珊抵抗着感情上的巨大压力，开始冷静地审查着自己。在沉默了许久以后，她开始向这位好姥爷回忆起自己的过去生活。正是那些童年时代的回忆，使我看到了她心灵世界的轮廓。这轮廓后来永远也没有清晰起来，但朦胧中，它却在我眼前闪出一片夺目的光辉！

"……我永远也无法知道，我怎么会带着这样一种自卑到世上来，也可能是我的心灵带着天赋的残缺，也可能是由于我从小缺少母爱。但蒙昧中的情感已经无可挽回地忘却了。从我能记事时起，这种感觉自己卑小的情绪就总在折磨着我的心灵。尤其是当我受到委屈的时候，这种心情就更显得沉重。"

"唉，你逼着孩子说这些干什么啊！"老太太的柔肠显然经受不住这严酷的回答。

然而楚轩吾坚定不移，不为所动："叫孩子说下去。"

"您刚才说我从小就是不掉泪的。不，您忘了，我七岁那年，曾有一次哭得好伤心。那时，我刚刚上小学一年级……"

小学一年级，对于我是一个无忧无虑的时代。我想起那时，每天妈妈都在去机关的路上把我送到学校，如果下学时她不能来，爸爸也许会亲自来接我。那时，我受到各种各样的爱护，什么事都是快乐的，连功课也显得好玩。然而也在这同一个时候，南珊却过着另一种童年。

"……有一天，我放学回家，在胡同口受到一群孩子的攻击，把我吓坏了。我在转眼之间变成了起哄笑骂的对象，他们高叫着难听的话，辱骂着我的每一个长辈，用树枝抽我，把脏土抛到我的头发上，还扯下了我的头巾包上土丢到空中，闹得满天尘土飞扬。我吓得心都发抖，来不及去想他们为什么这样对待我。 那时我对我将要生活的这个世界懂得还太少，但是您却知道这些孩子在我的背上画了一个什么图案，它是我受到惩罚的原因：这一切，作为一个幼童，我什么都不懂，但您却什么都明白。"

楚轩吾点了点头。 是的，这在他们这样的家庭是不言而喻的。 其实，那图案我也明白，这就是国民党从孙中山那里继承下来的那个被歪曲了的政治遗产——青天白日。

青天白日，曾经是国民革命的光荣象征。 但是随着这个革命没完没了的推移，它终于以一个丑恶的形象结束了自己的历史。 这是国民革命与法西斯主义相结合的可悲结果。这恶果毁灭了国民党，也严重地摧残了曾经为这个理想而战的人以及他们的后代。

"……我带着满身的尘土走回了家。 当时我并没有想到哭，而且一直到门外的笑骂声散去的时候，我也没有哭。 可是当郑姨把我领到您的面前时，我却哭了。 您掸去我身上的土，把我抱在膝盖上，一句话也没有说。 现在我知道您当时心情的沉重，但当时我不可能知道，我只感到自己是这样弱小、卑微，我觉得是因为我生来不如人家才受到这样的欺侮的。 那天晚上，我一个人孤独地躺在床上悄悄哭了很久，一种来自整个世界的压力，使我蜷曲在一个猥琐的角落里黯然神伤。 我流着泪睡去，噙着泪醒来，那种孩子的悲哀心情，直到今天还记忆犹新。"

"孩子，真是孩子们哪，唉……"老太太发出一声轻微的叹息。

"我感到委屈，感到怨恨，感到世界不公正。那是我唯一一次怀着敌视的心情看待这个世界。如果我在这种心情下生活到今天，我可能早已被仇恨和嫉妒腐蚀了心灵。但这种心理却不是我们家庭的传统，不是体现在我的长辈们身上的风尚。不，熏陶我的是另外一些东西。今天，我是多么的庆幸，庆幸我有一个庄严的外祖父，有一个慈祥的外祖母，还有一个善良的郑姨。姥爷，您的沉着、渊博、深思、宽厚和乐观都是让我倾心的美德，它使我在十分年幼的时候就在努力去寻找那种至善至美的人格。正是这种倾慕和寻找，完全改变了我幼小心灵的发展方向。以后的事情，您就都清楚了。我常常受到您的赞许和夸奖，这些夸奖扶植了一个孩子的尊严。这尊严对于我的整个人生都是无比宝贵的。但是对它的获得使我深深感到，只要自己的行为端正，谁都可以树立起这种尊严，从而免去心灵上由于自责和羞愧而受到的种种折磨。也正是当我终于相信，我自己在人格上丝毫也不低于他人的时候，我才终于从那种根深蒂固的自卑中解脱了出来。"

这样的人，这样的家庭，不是我配去同情与怜悯的。不，这祖孙两代的全部生活都不由得我不肃然起敬。

"后来，我仍常常想起那次受到攻击的事情。但当我越来越了解自己，也越来越了解世界的时候，我儿时的眼泪就显得太无谓了。那不过是一种孩子的胡闹。我的人格并不因为我无力抗衡屈辱就有了亏欠。 不，人的品格不是任何强权所能树立，也不是任何强权所能诋毁的。 既然我生活中最宝贵的东西丝毫也没有受到损害，我又何必计较呢？ 乐得宽容所有的人。 要知道，这种思想对于我这样的人来说是一种武装，因为类似的事情直到今天也没有中断过。 正是这种思想，使我的心永远地平静了。 至于书，也并没有成为我躲避生活和对抗他人的堡垒，虽然它为许多人构筑了这样的堡垒。 我对书的喜爱在很大程度上只不过是一种习惯，就像您对植物的喜爱一样，用它来消遣时光和排解烦闷，并非桩桩件件都那样认真。 姥爷，这就是我的自尊与自信。 它并不是建立在仇恨他人或鄙视他人的基础上的。 不，我尊重一切心地正直的人，也钦敬一切人所表现出来的才华，我在心底深处非常珍视这些东西。 因为只有看到这些，才使人觉得世界可爱，并对自己生活在他们之间感到充满了希望。"

显然，楚轩吾已经肯定了外孙女的心是完全正直的。 但他的疑虑竟是如此之深："你能这样选择自己的生活道路，这使我很高兴。 但是你将怎样选择自己的政治道路呢？ 你看了许多书，心中自有许多你自己的道理。 在国家命运和社会责任面前，你不可能没有自己的见解。 现在有许多不知天高地厚的年轻人，动辄以改革社会为己任，自命可以操纵历史、左右他人。 假如你也抱定了某种理想或信念，而这将涉及许许多多人的命运，那么你会不会在一旦掌握了力量的时候，就把它强加到并不信奉它的人们头上呢？ 要知道，一个被绝对化了的信念，常常可以使人的行为变得毫无顾忌。 他会认定自己是一个崇高的人，从而毫不羞愧地做出许多伤天害理的事情。 我就曾亲眼看到许多青年学生这样懵懵懂懂地卷到邪恶的斗争中去了。 珊珊，你要向姥爷保证：读书，是为了深思熟虑、通情达理，绝不能因为自己信奉了什么就投身到将某种意志强加于人的事情中去。"

南珊的语气是坚定不移的："姥爷，我永远不会。 我理解您的心情。 在那个时代，您曾经卷入一场严酷的政治冲突。 那个铁一般无情的理论和制度，摧毁了您的家庭，夺去了您的亲人，更使国家经受了巨大的创伤。 您被裹挟在那个洪流中，身不由己地做了许多违反您投身革命初衷的事情。 在那场民族浩劫中，您看够了各种各样同情心和怜悯心完全丧尽的英雄豪杰。 的确，在那残酷无情的命运中，一个人要保持天良是不容易的，尤其是当国民党将法西斯主义散布全中国，使许多人都相信靠少数英豪可以拯救民族、靠铁腕强权可以改造中国的时候，这来自德国民族的理论就彻底摧毁了中国古老的道德风范。 这使您在整整二十年的岁月中陷入了痛苦的追悔和思索之中。 但我们这一代人的命运不同了，我们的生活中也有冲突，但它更深刻而不是更严酷。 我们不必承担你们那个时候的许多艰险，却必须回答你们那个时代所未能回答的许多问题。 您已经老了，姥爷，今后的几十年是我们这一代人的事情。 但是请您放心，哪怕整个年轻一代都重新卷入到这种旋涡中，我也不会重复您的过去。 琛琛也不会。 因为这条道路对于我们这个家庭的教训实在太惨重了。 姥爷，我不认为我在思想上可以达到一个准确无误的境界，所以我对自己的局限性心中是很清楚的。 我完全知道，我看的那些书并不全是济世的良药。 这个世界的希望，更多的是在人类自己的心灵中，而不是在那些形形色色的立说者的头脑中。 而发现和追求这些希望，也是全人类自己的事情。 我读书，是为了使自己的思想和行为更合理，所以我永远不会因为自己坚信了什么就把它强加到别人的意志和心愿上。"

楚轩吾受到了深深的感动："孩子，真能这样，那就很好! ……"

我陷入了沉思之中。

楚轩吾是一个深刻的矛盾。 这矛盾表现为一种淳厚正直的个人品质与他那段罪孽深重的政治历史的尖锐对立。 过去，这种矛盾在我心中是根本无法调和的。 甚至在抄家的时候，当我听完了他那充满痛悔之情的回忆以后，我仍然认为，不管这些国民党将领后来变得怎样，当初在卷入那场毁灭了数百万人生命财产的浩劫的时候，他们只能是一群恶魔。 然而现在，这善与恶一向鲜明的界限，开始变得模糊了。 难道一个人犯了可怕的错误，他就必然有一颗邪恶的心吗? 不，世界上的事情远不是那么简单。 不错，楚轩吾曾经陷入一场丧尽天良的屠戮杀伐，然而这一切却并不是他的本意，是命运捉弄了他。 现在，他面对自己的过去，不正是在自己良心的严厉谴责下陷入了永无穷尽的终天遗恨之中吗？ 他对南珊的那些教导和告诫，究竟有多少是在这个少女的身上可能发生的事情呢？ 那实在不过是他自己内心痛苦的流露和表白。 那么，这个人的身世难道不值得人们去抚慰和同情吗？ 他过去的痛苦经历难道就应该成为他永远也洗刷不尽的耻辱，从而可以不时地被人们翻出来，作为对他和他的亲族施加强暴和羞辱的理由吗？ 如果天理果真如此，它将显得多么无情！ 然而我们还是把他的家抄了。

现在，面对楚轩吾那些痛苦的自白，我感到说不尽的惭愧。 我开始意识到，那次抄家，早已使红卫兵丢尽了脸，而我们投身的这场"文化大革命"，也必将因为充满了这种事情而在历史面前无法交代。

我不禁想起抄家不久之后我与父亲的那次谈话。 那是一个同样炎热的傍晚……

"爸爸，我们把楚轩吾的家抄了。"有一天他正在看文件，我终于说出了这件事。

"谁？"父亲猛地一问。

"楚轩吾。 就是你们在淮东俘虏的那个国民党军长。"

"胡说。 他不是俘虏，他是国民党方面的投诚人员。"他放下文件，断然否定了我们的说法。 父亲显然还不了解社会上正在发生的事情，他向我问道："你们为什么要抄他的家？"

"这是首都红卫兵自己决定的。 全市都抄了。"

"你们都搞了些什么人？"

"学术权威、民主党派、宗教人士，还有华侨、资本家和小业主，很多。 国民党人员是首要的目标。"

"你们哪天去的楚军长家？"

"上星期四。"

于是我开始向他详述那次抄家和审问的始末。 他一语不发地听着，神情显得严肃而焦躁。 以往他一沉起脸来就像是一尊石像，可是这一次我却明显地感觉到，他那一向坚实的严肃神情的后面被蛀空了。 当我把红卫兵的种种行动也都向他介绍了以后，他离开办公桌，开始在屋中不安地来回踱步。 我一直讲到家里的电灯全部亮了的时候。 最后，我把楚轩吾的审讯记录拿给了他。

父亲看完材料，久久地坐在灯前，沉默不语。 我没有料到楚轩吾的事情竟会引起他如此沉重的感情。 我们父子就这样默然相对，坐了很久。 直到我不得不提醒他母亲正在叫我们去吃晚饭的时候，他才将手放在楚轩吾的交代材料上，轻轻地摩挲着，用极为感慨的语气说道：

"你们的行为，使我没有脸面再去见这个人！ ……"

晚饭后，父亲又把我叫去，开始详细地和我谈起了楚轩吾这个人。 和楚轩吾讲的完全一样，父亲是在那样紧张的战争间隙中唯一一个可以抽出身来接待国民党方面人员的指挥员。 当时，华东野战军总部急需从这些战俘和投诚人员身上获取关于敌人兵员、装备、后勤、士气及高级将领与最高统帅部的有价值的情报。但是围绕着这一目的，必须进行有效的说服工作。短短的四天中，父亲先后数次与楚轩吾谈话，两人之间很快建立起了一种老朋友似的关系。父亲是个与国民党厮杀了半辈子的人，他的许多亲人和战友都在斗争中倒下了。但他从历史中总结出来的却并不是仇恨。正因为这样，他才能在一场殊死的拼杀刚刚结束以后，那样令人信服地向楚轩吾说明了许多重大的问题，使其很快对共产党的事业产生同情，并在以后争取黄维兵团两个师的起义中发挥了作用。父亲说：楚轩吾是个一生中充满了许多不幸的人。他早年投身于旧民主主义革命，但复兴民族的强烈愿望却一次又一次地破灭了。整整三十五年的戎马生涯中，他辗转歧途，几浮几沉，在北洋政府和国民党军中备受排挤和压抑。碾庄一战，是他一生中最惨痛的时刻。仅仅由于侥幸未死，才得以明白了许多事情，并做出了后半生的重大抉择。父亲感叹道：楚轩吾在军事学术上很有造诣，尤其长于野战。在一系列国内政治问题上也颇有见地，可惜在旧军队中不得其用。父亲说，他当时曾向楚轩吾明确声称：在共产党的领导之下，他造福国民的愿望绝不会再一次落空。然而他万万没有料到，楚轩吾和他的家人至今还仍然处在这样动荡的命运中，并且恰恰是自己的孩子，在十几年以后把他的家抄了。

"'文化大革命'究竟是怎样一个搞法，你们到底弄明白了没有？"父亲满腹疑虑地这样问我，"你们红卫兵是中央支持的，我不好说什么。 但你们去抄楚轩吾这样的人的家，怕是彻头彻尾地搞错了。 你们这样做，实际上是在逼迫人家走两条路：一条是重新走向反动，一条就是只好走向死亡嘛！这怎么行呢？ 他早就不是我们革命的对象了嘛！ ——赶快刹车！ 再搞下去，怕局面就不好收场了！"父亲把手在空中一挥，神色沉重地说出了这句告诫。

我们谈到很晚很晚。 临睡前，他又详细问到了楚轩吾家中还有些什么亲属，并记下了他的住址，表示一定要在适当的时候去看看他。 ——假如他真的去了，许多事情怕绝不是今天这个样子——然而三个月后，当他因涉嫌卷入所谓"华野山头集团"而受到长达两年的隔离审查以后，"适当的时候"——这句耽误了许多重要事情的话，终于使这次拜访也成了一件再也无法实现的憾事。 而我与南珊的一次可能是最宝贵的见面机会，也因此而失去了……

可是正当我再一次为失去南珊而嗟悔不尽的时候，南珊却在突然之间说出了我简直难以相信的话。 她把我对她以往的印象一下子全都改变了。

本来，她已经完满地回答了楚轩吾提出的问题，并且令这位生活的严师深为满意。 然而南珊却像是面对着一个更加威严的仲裁者。 她在沉思了一会儿以后，竟以极平静的声音自语似的说出了下面的话：

"我还应该感谢一个不可知的力量。 是他在我完全可以变成另外一种样子的时候，使我变成了今天的样子。这使我非常感激。这力量是伟大而神秘的。有人说，那是一个神圣的意志，有人则说那是一个公正的老人。我更愿意相信后者。我相信他高踞在宇宙之上，知道人间的一切，也知道我的一切。我并不怀疑我的生命和命运都受过他仁慈的扶助。因此，尽管我不可能见到他，但是我依恋他。假如他真的存在，那么当我终于有一天也来到他面前的时候，我一定为我自己，也为他恩赐给我的家庭，向他老人家深深鞠躬，表示一个儿女的敬意。"

老夫人几乎要发出一声惊叫："天哪，你看了什么书！……"

楚轩吾也在突然之间疑惑了："孩子，你说的是谁？什么老人？"

我看不到南珊的脸，但是我想象得到她淡然一笑。

"我的孩子，你是在赞美耶和华吗？"

"是的，耶和华。我深深地爱着他。"

南珊在突然之间向姥爷披露了隐藏在自己心底深处的秘密。这秘密使楚轩吾和他的夫人对外孙女的性情恍然大悟，而我也早已惊呆了。

南珊说的是上帝，上帝啊！基督教，这是些多么复杂的概念！耶和华，这是个多么虚幻的神灵！我怎么能想象，南珊竟会向它去寻找心灵的寄托。这是令我震惊的。一个善良的少女，在她还很年幼的时候，为了给自己的生活树立稳固的信念，为了使自己的心灵获得安宁的气息，她在那古老而荒谬的传说启示下为自己创造了，不，是为自己虚构了这座神圣的殿堂和这位仁慈的主宰。 是他创造了她，还是她创造了他，她从此再也不会和任何人去纠辩清楚这混乱的因果，就像人类在上万年的宗教史中从来也没有讲清楚过一样。 但是我却不得不承认，尽管在我们的语言中上帝与魔鬼是同义语，尽管我从党那里受到的一切教育都根本否定这个概念的存在，但南珊心中的信仰却不会使我产生一丝一毫的恶感和虚伪感。 不，这一切在她心中都完全是真实的。 我好像突然发现，她的心灵越往深处就越广大得不可思议。 在那冰清玉洁的心中，蕴藏着多少丰富的知识，在这些知识的底层，又贯穿着多么深沉的哲理。 而在这一切的中心，还有这样整个人间，乃至整个宇宙都不能容纳的金碧辉煌的世界！

楚轩吾充满疑虑地说道：“但是，孩子，这一切并不存在。”

南珊沉默了许久，终于用失望的声音肯定了姥爷的话：“是的，这一切并不存在……他也并不存在。”

再没有人说话了，只有老太太在抽泣。 良久，楚轩吾才点了点头。

“这样，也好……”

我的眼前开始浮现出那个客厅中的景象：一个朴素的小女孩，站在高大的玻璃书架前，怀着肃穆的心在翻阅着一本厚厚的书。 那书中记载着人类被用六天时间创造出来的历史，然后是乐园、洪水、方舟……那上面说，宇宙间这一切的主宰，就是她心目中的那个伟大长者……

突然，这间古朴的客厅被洗劫一空。 在空空荡荡的客厅中间，那个苍白惨淡的少女站在嗡嗡作响的日光灯下，默默地低着头。 她的面前，坐着一个严厉的红卫兵，那个叫作李淮平的红卫兵头头，紧紧地盯着她，正无情地斥骂道：

"……你们这个家庭是罪恶的和可耻的！ ……这里充满了旧社会的残渣余孽和污泥浊水！ ……你们必须脱胎换骨地改造，……狗崽子……！ 听到没有？"

她默默地点了点头，同时一颗泪珠，沉重地滚落在撤去地毯的灰蒙蒙的地板上。

整整两年过去了，我的话却像是用刀子写的一样刻在了我的心上。

"……尊严对于我的整个人生都是无比宝贵的。 但是对它的获得却使我深深感到，只要自己的行为端正，谁都可以树立起这种尊严，从而免去心灵上由于自责和羞愧而受到的种种折磨……"

是的，在那个无情的夜晚，我伤害了她的尊严，那对于她来说是一种无比宝贵的尊严。 但后果却是双方的：她的心被刺伤了，我也永远失去了对自己的尊重。 一种沉重的压力堵在胸中，使我痛苦地垂下了头。 我的脸上好像有一团烈火在燃烧！ 我记不得那时我想过些什么没有，但我清清楚楚地记得，在那难言的痛苦感觉中，我想到了两个字：惩罚。

终于，他们一家人谈到了在我心中激起狂澜的事情。 老太太擦干了眼泪，长舒了一口气：

"珊珊，你已经十九岁了。 我在这个年龄已经嫁给了你姥爷。 姥姥的话你可能不愿意听，到了乡下，如果有了中意的人，自己千万留心，了却我和你姥爷的一件心事，也好叫你那在国外的父母高兴……"

"不，我还小，想这些事太早。"南珊赶紧打断了她的话。

"孩子，要考虑自己的出身、环境和条件。 对于你这样的女孩子，要解决好此事谈何容易！"楚轩吾的口吻是极其严肃的，"昨天我和你姥姥谈了很久，决定还是向你提醒这件事。 当然，你的恋爱和婚姻都应自己做主，家中可以一概不问。 但我们有一句话还是希望你听：这件大事，务必处处留心，争取早有所定。 如果有了中意的人，只要可能，就应该大胆说明，与他共同去创造有益的人生。 切不可羞怯为大，坐误终身。"

南珊久久不语。

"唉，女孩子也是难。 我们不过提醒你一下罢了。"

但南珊并不是一个把羞怯放在理智之上的人。 不，在她心中深藏着难言的隐衷。 她沉吟再三，终于用缓慢的，但却是坦率的声音说道：

"姥姥，这样的事情做儿孙的在你们面前本不该难为情。

我知道，不但为了我自己，而且也为了父母和弟弟，我必须把它处理得很好才行。 但我却无法答应你们，因为我完全不知道将来我会怎样。 世事浮沉，许多事都很难预料。 即使我现在就已有所定，事情也难免不起变化。 尤其是在这个时代，年轻人受的影响实在太大了。 更何况……"她似乎考虑了一下应该怎样将自己的心事披露给老人，"更何况这件事也并不是没有给我带来过烦恼。 因为两年前，曾经有一个人深深地打动过我的心……"

我的心剧烈地跳动起来。

"……那个人心地正直，行为果断，思想也很宏伟。 我们仅仅相处了很短的时间，但我很快就知道自己已经为他倾倒。 作为一个十七岁的女孩子，这不能不说是很早了。 然而一切终归无益。"

"你们是怎样认识的？"

"是因为外语引起的一次谈话。 我问过他一些我百思不解的问题，他都令人信服地回答了我。 我看出他不是一个夸夸其谈的人，他只说自己深有体会的话。 尽管当时我还不可能想得太多，但我心中却多么愿意将他引为知己……"

"他叫什么？"

"不知道。"

"他在什么地方？"

"也不知道。"

"后来呢？"

"后来我们又见了一次面。虽然第一次见面的时候,我们很快就相知如故旧,但时隔仅仅三个月,当我们再一次见面的时候,他却使我完全失望了……也可能,是我使他失望。"

楚轩吾的心受到了打击:"为什么?"

"因为我知道,生活只能使我们越走越远……"

我感到一股巨大的力量突然冲腾起来,使整个车厢升在空中旋转。我双手死死抓住乘务室的门把,才没有使自己摔倒。但是我已经失去了自持力,身不由己地张开双臂,抱住车厢,把火辣辣的脸紧紧地贴在了冰冷的铁壁上!

她说的是谁?是谁那样深地打动过她的心?难道是我吗?……不错,我曾经向她讲过一番大道理,但那不过是一些似是而非的话,而且永远也没有答案……

"后来,当我们再一次见面的时候,他却使我完全失望了……"这第二次见面,难道就是夏夜的那次抄家吗?……

不,不可能是我,那可能是她在另外一个地方碰到的另外一个什么人……

整个世界都变得混浊起来。我什么都不能想,什么也不能再想了……

岁月的长河,流过了多少年。多少年以后,当我最后一次见到她的时候,她也没有把真实的话向我吐露。南珊,这个真挚而深沉、淳朴而优雅的少女,把她爱过的那个人永远地埋藏在了心底的最深处,使他——那个可能是我而又不可能是我的人成了一个再也无法解开的谜。

一阵剧烈的震动，从车首传过来，一直传向车尾。列车挂上车头了。广播器中响起乘务员亲切的声音：

"送行的家长和亲友同志们：前面的道路已经清理，现在列车马上就要开了，请你们下车吧。你们的子女和亲友，在农村的广阔天地里，一定会在毛泽东思想的灿烂阳光下成长起来的。现在，让我们分手吧。我们会把你们的子女和亲友安全地送到目的地……"

广播员重复的声音，唤起了车厢中所有送行的人。

楚轩吾站起来，开始与南珊和南琛拥抱。一刹那间，南琛的大眼睛向我这边投过惊奇的一瞥。

也就在这同时，一个乘务员在我背后打开了车门。顿时，寒风卷着站台上震耳欲聋的喧嚣猛烈地扑进车厢。借助这股巨大声浪的冲击，我才猛地惊醒起来，在楚轩吾就要跨出座位的时候挣扎着走到门口，跳到了寒冷的站台上。但是我却站在那里，一步也不能再前进了。

楚轩吾扶着他的夫人跟在我的身后走下了车厢。乘务员砰地将门关上，锁住了。

我转过身来，看到我正站在这一对老夫妇的身后。楚轩吾戴着皮帽子和黑皮手套，老太太戴着灰毛线手套，围着宽大的围巾，正一齐向列车扬起手来。

南珊在车厢里飞快地升起宽大的车窗。南琛探出头呼唤着："再见！再见！"

南珊努力探出身子，高高扬起手大声喊道："姥爷，姥姥，放心吧！ ——再……"

她的手在空中停住了。 她在老人身后迅速地发现并认出了我。

直到现在，我才看清了南珊的全部外貌：她穿着风雪大衣，没有扣紧的大衣领子中露着一件蓝呢外衣，领口围着白色的纱巾。 她没有围头巾，也没有戴手套，脸颊和手掌都由于激动和寒冷而微微泛着红色。 她的眼睛是明亮的，嘴唇是刚毅的，脸颊是深沉的。 这一切，都在那两年未见的面容上显现出一种难言的变化，这就是：天真烂漫与苍白惨淡的神情都没有了，有的是成熟的气质和坚定的信心，以及猝然相遇时那种惊愕与难过的神情。

老太太并没有注意到外孙女神情的细微变化，她控制不住自己的感情，拼命捂住嘴，趔趄着扑向车窗下，紧紧拉住孩子们的手哭泣起来。

楚轩吾从后面扶住她，极力想使她从快要启动的车身边离开。

南珊低下头，手无力地垂下了。 她显然不愿意在外人面前流露这家庭的离愁别绪，紧咬着嘴唇，强忍住就要落下的泪水，毅然帮助姥爷将已经失去常态的老太太从危险的车厢旁推开。

列车吭哧吭哧地发出巨大的声响，开始移动起来。 我意识到，南珊从此将悬隔在无比遥远的地方。

老夫人紧跟不舍地随着车厢向前走去，但立即被拥挤的人群撞了回来。

"千万把琛琛……带好！……"她呜咽着叫道。

楚轩吾扶住妻子，也大声叮嘱道："珊珊，琛琛，你们自己要保重！"

南珊用泪水迷蒙的眼睛看着老人们，痛苦地点点头，紧紧搂住了弟弟。南琛好像这时才感到了离别的伤心，呜呜地哭起来。

这揪人心肺的场面我再也看不下去了，忍不住猛地转过身子，迅速地抹去了眼角的一颗泪水。

车身稳稳地向前滑行。

当我重新转回身来的时候，列车已经在加快着速度。我看到南珊正慢慢把手重新扬了起来。她就保持着这个姿势，两眼呆呆地望着我们，随着车厢迅速地向前驶去。很快，就在她的身影将要被站台上的人山人海淹没的时候，她重新振作了起来，手臂在寒冷的空中用力一挥，用盖住一切喧嚣的声音高喊了一句：

"再见——！"

她退去了，退去了，迅速地淹没在一片乱纷纷的红旗、彩带、头巾、帽子和纸花中。

我无法断定那最后的告别是向她的姥爷姥姥喊的，还是也包括了我在内。但我却不由自主地举起了手，默默地在寒风中挥动。

列车越来越快，终于疾驰起来，迅速地消失在大雪弥漫之中……

第四章　秋

十三年，漫长的十三年过去了。

一九八一年的深秋，在千里京沪线上，一列直快客车在华东金色的原野上奔驰。 这列客车，沿着蜿蜒的双轨，平稳地带着风的呼啸，从华东驶来，驶过无数的山峦、江河和原野，正风驰电掣般地驶向黄河，驶向华北，驶向我留下了无数难忘往事的历史名城——北京。

就在这列火车的卧铺车厢里，我独自坐在宽大的车窗前，凝视着窗外一幕幕闪过的秋天景色——那丰收的田野、蓝色的远山、浓密的矮树丛和飘浮在天空的大块大块的白云，在沉思，在遐想……

十三年，多么漫长的十三年！ 现在，我已经在海军，在导弹驱逐舰和浩瀚的海洋上，度过了我的全部青年时代。

我清清楚楚地记得十三年前那个寒冷的夜晚，我和几千名新兵一起登上了南行的铁皮兵车。 我们拥挤在车厢中，经过两天两夜的行驶，在冰天雪地中到达东南沿海一座巨大的军港。 就是在这座警卫森严的海军基地中，我们参加了舰艇部队。 从此，我告别了自己的学生时代，开始了严峻的军队生活。

那时候，"文化大革命"历经四年已经给全国造成了一种畸形的精神状态，军队也同样深深地卷到其中去了。艇队整天陷于没完没了的政治学习，很少搞什么正规的操课和训练，更谈不上够水平的考核和演习。但最叫人忍受不了的还是那些花样翻新的敬忠仪式：奇形怪状的顶礼膜拜、装模作样的繁文缛节，加上莫名其妙的语录歌、衣冠颠倒的忠字舞，越到后来，就越闹得乌烟瘴气。

我了解这支军队，我自己就是这支军队的儿子。在中国的近代历史中，还很少有几支军队能像它那样清除军队生活中种种传统的恶习，而在人民中树立起一种良好的、有时甚至是极为动人的形象。然而今天，它的光辉却被这些愚昧、粗俗、浅薄的奴性仪式毁坏得不成样子了。

那时，我还是一个血气很盛的年轻人。虽然混乱的社会状况和政治现实已经严重地模糊了我心中的许多是非概念，但是对于真善美与假恶丑的根本好恶，在我心中却并未颠倒。所以当我实在按捺不住的时候，便常常会任性地流露出厌恶与不满。结果，当我的言论终于越出了部队所允许的范围以后，战友中立即有人告发了我。

审查是严厉的。然而时隔半年，当我的语锋所触犯的那位副统帅突然在一夜之间变为一个人人唾骂的恶棍的时候，我档案中的全部材料，便转而使我成了一条政治上的好汉。这时，我作为一个道地的水兵在军舰上服役还不到三年。许多比我更能干、更可靠、更有资格承担重任的人都复员了，而我却成了一名业务长。 我的资历中有什么呢？ 没有辽阔海域中的航行，没有恶劣气候中的狂涛，没有实弹演习中的炮火，更没有军校考核的良好成绩……总之，没有一个下级海军军官所必须具备的一切。 我所有的，只是一段身陷囹圄的经历，以及对于同志之间那种冷酷的戒备关系的一肚子怨气……

好在这一切后来总算有了改变。

列车运行得这样平稳，没有扰人的震荡与轰鸣。 在列车的广播中，正放送着一首雄伟的颂歌。

……二十九岁那年，我的军队生活开始了第八个年头。由于我在少年时代留下了不堪回首的往事，我把自己生活中那件未了的大事完全淡漠了。 然而，八年海洋生活的激荡与冲刷，还是像军校的制式课程一样，把那道人人都要遇到的人生课题准时地摆到了我的面前。 那年初夏，我们的军舰在一次远航训练中停泊在了一个中等沿海城市的码头上。 缆泊的第一个星期天，我请假上岸，在归舰时由于天气骤变而在市区耽搁了。 一位驾驶卡车的姑娘让我坐进了她的驾驶室。她在大雨滂沱中以熟练的技术和惊险的速度，在我只差几分钟就要超假的时候将我送回了码头。 这位朴实爽朗的姑娘是一位家境贫寒的女工，她赡养父母弟妹的勤谨辛劳深深地感动了我，也感动了我的战友们，于是我们开始了频繁的约会。 我们的友谊发展得极为平稳。 一个月以后，当军舰解缆启碇，继续去航行的时候，她已经可以大大方方地站在码头上，挥舞着纱巾将我们送入海洋了。 可是一年以后，当我又有机会途经那个城市，前去看望她的时候，她却难过地告诉我：她已经出嫁了。 我并不知道，当地那些干部子弟的行为，使她的家人对我一直怀有深深的疑虑。 由于我迟迟没有为她规划出一个可靠的未来，他们终于在她信心摇撼的时候，以种种理由说服她选择了另一个对于家庭生活的美满幸福充满了炽热希望的人。

从此，我再也没有去寻找生活的伴侣，而是将全部心思都投入了我那个庞然大物——导弹驱逐舰。 作为一个年纪已经不算轻的新任航海长，我必须全力改变自己在业务上严重缺乏训练的状态。

就这样，一晃又是四年……

列车开始进入山区。

我从衣帽钩上的制服口袋中抽出一支香烟，点燃它，开始想到了年迈的父亲。 作为一个三十三岁的中年人，我一直对自己的生活深怀愧疚，也由于自己这种生活使老人寂寞而感到深深的自责。 心底深处埋藏了多年的情感，在家里发生了一场巨大的变故之后突然复苏了。

……四个月前的一个夜晚，云黑浪猛，巨大的军舰在晃动的海水中轻轻撞击着码头。

突然，一阵撕裂人心的战斗警报把所有的人都从睡梦中惊醒。我和战友们乱纷纷地跳下吊铺，飞快地冲出舱室，沿着舱道和扶梯奔向各自的战位。

扬声器中响起舰长响亮而沉着的命令：

"各单位注意！各单位注意！军港遭到空袭，全体人员严守战位，加强灯火管制……"

军舰在夜幕中排出巨大的浪花，离开码头驶进了黑沉沉的海洋。演习开始了。

整整六个小时，我抵抗着海浪的晃动，伏在海图上，用铅笔紧张地标出军舰在每一时刻的准确位置，使这些标记在海图上连成一条红颜色的航线。一直到早晨，当朝霞泛起的时候，我交过班走到甲板上，才发现并不是我们一艘军舰，而是整整一支混合舰队，在辽阔的太平洋上摆开壮丽的阵势，一齐驶向朝阳升起的地方。从那天开始，我们在密克罗尼西亚群岛进行了为期一百零五天的远航训练。

年老的父母事先没有得到我将参加这次演习的消息。四个月以后，当训练结束，军舰返回军港的时候，我接到了父亲在这四个月中的七封来信。

在第一封信中，父亲像往常一样写道，他与母亲一切安好，要我安心服役，不必挂念。但是在第二封信中，父亲即以痛心的笔触告诉我说，在两天前的凌晨，母亲突然去世了。 第三封信是寄给部队领导的，问我为什么在接到这样的凶讯后仍不能给家里回信。 在第四封信中，他则请领导在演习结束后立即把消息告诉我。 显然，领导这时已经将我们赴外洋演习的事情通知他了。

在随后的两个月中，他又先后寄来了三封待收的信。 年近七旬的父亲显然忍受住了巨大的悲痛，用那么冷静的语句，在这三封信中陆续详述了母亲去世和安葬的全部过程。我这才了解到，变故是在我们离开军港的第十九天发生的。那天子夜一点，当我们的舰队在沉沉黑夜中悄然掠过所罗门群岛的时候，母亲在沉睡中死去了。 由于来得很突然，她临终时没有感到任何痛苦。 她那安详的睡容，成了父亲在悼亡的悲痛中获得的唯一安慰。

在母亲的追悼会上，父亲宣读了他亲笔写下的悼词，随后便与她的同事和战友们护送她的遗体到革命公墓火化。 父亲给我寄来了那份悼词的副本。 在那充满暮年之情的悼词中，父亲回忆了他们共同度过的四十余年的岁月。 他写道：他们是在异国的土地上相识的。 在苏联卫国战争爆发前不久，他们作为即将毕业的军事和工业留学生结合了。 返回延安不久，两人即分赴晋绥与鲁南两个根据地，投入了残酷的抗日战争。 这期间，他们的一子一女，也就是我从未见过面的哥哥和姐姐，先后夭折了。 新中国成立以后，母亲在繁忙的工作中仍以主持家务为己任，对父亲的工作给予了极大的支持。 但是在"文化大革命"中，当父亲受到长期审查以后，母亲亦因留学苏联的经历而受到牵连。 在监狱中，她的心脏受到了打击，得了心脏病，并终于酿成今天的后果。 父亲写道：

"她是一位好同志、好党员、好战士，是与我共同奋斗了四十余年的战友。 她的去世，使我生活的一个重要部分结束了。 我生活的其他部分也将结束——这是不可抗拒的。 但是，我们献身的事业却不会结束，这同样是不可抗拒的。 虽然它经历过严重的挫折，但它毕竟在前进着。 今天，当我们这一代人行将故去的时候，我们的儿子正在手执武器保卫祖国，这使我们感到欣慰和自豪。 我们相信，在党需要的时候，他一定会尽职责、全气节。 我们在死亡面前充满了信心与骄傲，因为我们生命中最宝贵的东西是永远也不会死亡的。"

父亲在他的晚年经历了他一生中最无情的遭遇。 但是这个老党员没有因此而放弃自己最初的目标。 当他得知我参加了这次期待已久的远洋大远航之后，军队在不断强大的消息使他情不能已。 他在给我的最后一封信中写道：

"在历史上，我们中国人从来就不是一个海洋民族。 仅仅是近百年以来，无情的世界现况才迫使我们发展海上装备。 可是一百年来，我们的海军却经历了如此曲折而不幸的道路，以至于今天，它才真正地走向了海洋……不管怎么说，它总算强大起来了。 你参加了这一壮举，我是非常满意的，你的母亲如果活着也会非常满意的。 既然军队需要你，你就留下吧，不必以家为念。 只是我已经太老了，你母亲的去世使我常常想到我自己。 所以我只有一个愿望，就是你能够在今年秋天回来看看……回来吧，我的淮平，我唯一的儿子。 在我的余年中，我们还应该好好谈一谈。 ……"

读着父亲的一封封书信，我不禁潸然泪下。 已经十三年了，他们唯一的孩子不在身边，以至于母亲临终竟未能见我一面。 现在，年老的父亲孤身一人，他将怎样度过自己的残年呢？ 目前，他是多么需要心灵的安慰啊！ 我突然强烈地感到自己没有尽到一个儿子的责任。

于是我顾不得安顿，在返回军港的第三天便请假启程回家了……

"前方到站：泰安。 前方到站：泰安……"列车播音员平静的报站声打断了我的回忆。"有转乘长途汽车去莱芜、博山及游览泰山的旅客，请您准备下车！ ……"

一些旅客已经站起身来，开始从行李架上取下行李。

我升起车窗，探出头向前方望去，只见一带层峦叠嶂的群山，烘托着一座巍峨奇拔的高峰。 我知道，那就是"一览众山小"的泰山了。 在这秋高气爽的日子里，它显现着异常清晰的轮廓。 繁茂的树木给它染上了一层又一层碧绿和金黄的颜色。 这景色顿时在我心中激起一阵波动。

自古以来，泰山在中国的历史上就享有着无比崇高的赞誉。 还是在多少万年以前，当我们华夏民族刚刚开始在黄河流域形成的时候，先民们便发现了这座耸入云霄的高山。 在中国史籍所记载下来的五千年岁月中，这里不知招徕过多少朝山的香客，幸临过多少封禅的帝王。 我们的祖先，世世代代、祖祖辈辈在这里进出往来，在那条盘桓而上、直通极顶的千古小道上，印满了他们一层又一层的脚印。

许多年来，我听到许多人讲起过它，看到许多书提及过它。 它以雄浑的气势、壮丽的景色、悠久的历史和动人的传说，强烈地吸引着我的心，使我一直怀着一个美好的愿望：到泰山去，去攀缘古道，去登临绝顶，去到与云天相接的地方看看祖国！

此刻，那百感交集的个人回忆，在祖国的大好河山面前突然化为一股以身许国的强烈愿望。 父亲的来信所唤起的军人的爱国激情，剧烈地冲开了我的胸膛。 我想道：

"作为一个海军军官，我的生命已经是军舰的一个组成部分。 无论如何，我将以自己的生命保卫祖国。 假如有一天，我们的军舰在战争中沉没，那么当我也离开这个世界的时候，我的心中应该装着这片古老的土地，装着这片土地所哺育的这个伟大的民族！"

我掐灭烟头，毅然站了起来。

列车继续向北疾驰。 当这列客车轰鸣着冲过黄河大铁桥的时候，我已经走进了泰沂山脉的崇山峻岭之中。

山中林木繁茂，草莽葱茏。 山林中一声声清脆的鸟叫使人心明耳悦，浸泡在青草绿苔中叮咚作响的溪水和泉潭，更使人神清气爽。 就在这绵延起伏的群山中，一条石板铺成的小道在莽莽森林中迂回曲折，蜿蜒而上，一直通向海拔一千多米的泰山极巅：岱顶。

这是一条唯一的道路。 它是这样崎岖，但绝没有歧途。所以当任何一个行人在踏上它那古老的路面时，不管他是个识途者还是个陌路人，都永远不会迷失在深山中。

在山道的起点"岱宗坊"下，我向一户社员买了一根青竹手杖。 其实我并不需要靠这种东西在山中行走，完全是由于那清新的颜色和轻巧的造型使我格外喜爱，才买了它。 于是，这根手杖成了我手中尽情挥舞的玩物。

一路上，三三两两的行人不断迎面走过。 他们把盈盈笑语零零落落地撒在这十里小道上，使我并不感到寂寞。 更何况那些镌刻在雨迹斑驳的山崖峭壁上的一幅幅古老的题词，不断映入我的眼帘，使我不时停下脚步，凭吊祖先的遗迹，叹息古人的隽永。 五岳之尊，这秀丽而又神秘的峰峦，吸引着我的兴趣，振奋着我的精神，驱散了我旅途的全部疲劳，使我迈着坚强的脚步，毫不犹豫地沿着这条无可选择的道路向上攀登。

生活的磨炼，使我已不再喜欢嬉戏谈笑，而习惯了独自沉思。 我独自一人在这秋高气爽的山林中行走，正可以怀着一颗安静的心，去欣赏那风光的美丽，领略那古迹的深沉，同时因循踪迹，默默地回顾我那与这山道一样起伏曲折但又通畅平静的人生。

然而我的青竹杖，却使我无意中在回马岭结识了一位不同寻常的旅伴。

回马岭是掩映在浓密树林中的一座很小的城楼。山道从门洞中穿过后向右一折，台阶就变得陡起来。如果骑马进山，在这里是非下马不可的。

当我遥遥看到它的时候，在我前面不远处，一位老人正健步前行。他光着头，穿着宽大的衣服，飘然走着。他走到回马岭下，毫不犹豫地踏上了城楼前的台阶。但那些石级显然是太陡了，使老人略感吃力地放慢了脚步。我快步赶上去，从后面将老人扶住，登上了台阶。我们在门洞中站住了。

他转过身来，带着慈祥的笑意看着我。

我扶住的，显然是一位久居深山的老人。他红铜般的脸上刻满皱纹，气色非常刚健。那灰杂的浓眉、深邃的目光、安详的神色，以及一缕触胸的银须，都使人不禁喟然生敬。

"头回上山吧，年轻人？"一个长者和蔼的声音在我面前浑然响起。

"是的。"

"海边来的吗？"

"对。"

"单身进山，可是寂寞哟！"

"正想和您结个伴呢，可以吗？"我尊敬地将手中的竹杖递过去，"山路陡，用这个吧！"

老人微笑着接过竹杖，用力在地上顿了顿，它显得十分结实。"很好。"他称赞了一句，随即招呼了声，"走吧！"便继续向上走去。

这位气度不凡的老人，对于我的帮助和敬意并没有表示丝毫的谢意与谦让。但他却用一种对于晚辈来说非常亲切的邀请抚慰了我的心。

我们就这样结识了。

"您多大年岁啦？"我一边跟上，一边与他攀谈了起来。

"七十七啦！"老人执杖健步而行。

"听您口音不是本地人吧？"

"祖籍广东。"

我着实有些吃惊："广东！您怎么定居在山东了？"

他捋着胡须笑笑，并不正面回答："广东是东，山东也是东。总之还没到西去的时候哪！"

我被老人的开朗逗得大笑起来："老人家，您可真有意思！——您是住在山上的吧？"

"对。"

"全家都在上面吗？"

"不，"老人摇摇头，"我是个孤身。"

"那您靠谁来养活呢？"

"养活？"他爽朗一笑，"我自己有工作。我管理着山上的古迹，有时做做导游，领取我自己的工资。年轻人，与我这个老泰山一起行走，不会感到寂寞吧？"

"哪里！如果您肯带我上山，那不是我三生有幸，也算我一时造化呢！"

我们又一齐大笑起来。

的确，认识这样一位引路的老人真是太可庆幸的事了。尤其是对于一个初上泰山的人来说，还可以再希冀什么呢？果然，老人的风土知识很快就使我感到不虚此行。

一路上，他不断地指点着一处处的古迹，告诉我它们的故事和传说，有时还发一番长者的议论。而在他的谈吐中融汇着一种很高的技巧，往往他优哉游哉地走着，趣味横生地讲述着那些传说的始末，当我正听得出神，他便会随随便便地停住脚步，信手一指，那处古迹已赫然出现在我的面前，就像是他变出来的一样。这位常年的职业导游者，以他出神入化的精彩介绍，好几次把我惊奇得差点叫起来。听着他的介绍，泰山在我心中渐渐已不是一座高山，而是一部历史和神话了。

看着这位在山道上执杖而行的老人，我发现他与那些专以夸饰为能事的乡土人物是完全不同的。他久居在这名山大川中，深知那些古老传说的来龙去脉，但他绝不以浮光掠影的传说来夸诞称奇。他像是一位古朴的乡间学者，在一片令人眼花缭乱的古迹中严肃地分辨着历史的真伪，又像是一位深沉的哲学家，用简洁而深刻的语言来解释它们真正的价值和意义。 我开始意识到，虽然泰山有不少东西实际上很肤浅，但是我在回马岭邂逅的这位老人，却实在是有些深不可测。

中午时分，我们登上了中天门。 在这里，我终于弄明白了老人的真实身份。

所谓中天门，是一座字迹斑驳的石牌坊。 这座牌坊凌驾在山道上，正好将由岱宗坊到南天门的全程分为两半。 由此上行，我们还得走相同的路程才能到达岱顶。

就在离中天门不远的地方，坐落着一幢浅绿色的现代建筑物。 在那装饰着白色线条的宽阔墙壁上，镶嵌着一排巨大的玻璃窗。 通亮的大厅中，影影绰绰地坐着一些休息的游客。

我和老人踏上光滑的水磨石台阶，推开写有"中天门茶厅"的弹簧玻璃门，穿过饮食大厅来到阳台上。 在凉风习习的荫棚下，许多游人散坐在大理石面的简易铁桌旁，一边喝茶和谈笑，一边欣赏着广阔的原野景色。

我为老人要了壶绿茶和几样点心，自己则要了杯很浓的咖啡，拣了一张空桌一同坐下。 一种安稳舒适的感觉，使我顿时感到已经很累了。

现在，整个齐鲁大平原就铺展在我们的脚下。 从阳台向群山外面望去，黄绿相间的颜色，把大地装饰成一块鲜艳的巨幅地毯，从山脚一直铺展到遥远的地平线。 我们坐在这和白云一样高的地方向广阔的天空平视，万里云朵就像是停泊在远近海面上的无数巨大的白色军舰。

我取出烟，敬给老人一支。

"不会，"他笑着摆摆手，"你自己吸吧。"

"您的生活真是太简朴了。 在您这样的高龄，正该享享晚福，却连烟都不吸。"

"身心清净，自然众苦皆消。"老人随口应道。

"是啊，生活清苦一些，于身于心都有裨益。"我表示赞同。

"不，你听错了。 清即不苦，苦即非清，清而不苦，何谓清苦？ 我是说：身心清净，众苦自消。"

我似乎明白了一些："那倒是。 苦谁都难免，心清原是紧要的……"

"是啊，"老人呷下一口茶，"古人云：菩提本无树，明镜亦非台，由来无一物，何必惹尘埃。 话虽玄奥，终有透解，无奈世中人不肯深思！"

我心中吃了一惊。 这是四句唐时流传极广的佛偈，老人竟信口而出。 我疑惑了一下，突然明白了八九分，不禁目瞪口呆地望着老人。

他深邃的目光正远望着群山，银须在高风中拂动着，隐隐现出那几分仙风道骨。

他转过脸来慈祥地看着我："想不到吧，年轻人，我是山上的住持和尚。"

我惊呆了。 我从来也没有见过和尚。 当我开始懂事的时候，这些在人间传播"迷信"和膜拜的人就已经销声匿迹了。仅仅是在成年以后，由于阅读了一些哲学和历史书籍，才使我了解了一些古奥的佛教理论。因此，那些虔诚的僧侣在我看来就像佛教本身一样的古老和神秘。而现在，当我突然知道一位真正的和尚竟坐在我的面前，并且已经和我同行了这样久以后，那种神异怪诞的感觉马上就这样近地笼罩了我的每一根神经，使我愕然了。

他看出了我的激动："怎么样，可以和我走在一起吧，海军同志？"

"那……那当然太好啦！"我好容易才恢复了常态，早已是又惊又喜，差点把咖啡都打翻。

这可是一次真正的奇遇。刚才，我们是一个海军军官与一个深山老者在林中结伴而行，而现在，则是一个共产党员和一个佛教信徒在倾心交谈。这简直是一个创举，是一种崭新的尝试。一想到这几乎是从来也没有人做过的事，一种好像是发现了崭新世界的兴奋感觉，马上便把我刚才的惊愕心情一扫而光了。

也正是从这时开始，我才从长老的言谈举止中，处处看出他出家人的本色。

"山上的庙宇造像还在吗？"我关心着泰山的全部古迹。

"依然如故。"长老回答。

"依然举行佛事？"

"云寂香消。"

"大部分僧侣都还俗了吧？"

"落叶归根嘛。"他将手中的茶杯轻轻放在大理石桌面上。

"那您为什么留下了呢？"

"佛不弃我，我不弃佛。"他满意地捋了捋胡须，"那些青灯古佛、经幢宝刹，我已经相守多年了。"

老人年事已高，不会再放弃他多年的信仰，他对佛教已经一往情深，肯定会抱守着那些信念去颐养天年的。这种固执的"迷信"与他那明达的哲理是多么的矛盾啊！

当我们重新上路的时候，我们已经就古代哲学中许多高深莫测的东西谈了许多。老人的知识是相当渊博的。我们从宋明的理学谈到魏晋的玄学，从印度的婆罗门谈到日本的禅宗，从欧洲的现代科技谈到清代的考据学术。他的话不少我都难以接受和理解，但那些玄奥精深的思想却句句都发人深省。

"那么，究竟什么是哲学呢？"在推开门步下茶厅台阶的时候，我开始就我曾经百思不解的一些问题向他请教。我已经看出来，这位久居深山的老僧有许多博大精深的学识和思想，绝不是在世间能轻易得到的。

长老在拂煦的东南风中踏上了山道："你想要一个准确的定义，是吗？可是这不可能。因为它太广泛了。它囊括了天地今古、神界人间，从宇宙讲到原质，从天下讲到人心，几乎无所不包。然而历来的哲学家，虽然他们的著述浩如烟海，却从来没有一个人能给哲学本身下一个定义。"

我们转过山麓，向更高的深山前进。

"真可惜！ 这个问题困扰了我许多年，至今也搞不清。虽然哲学书着实看了不少。"

老人不在意地笑笑："其实叫我说，哲学一词实在是有些定名不确。 在古代，哲、知、智为同一词源，所以当初西学东渐的时候，何妨就叫作知学或智学？ 何况前辈的哲学家们正是专门以逞智为能事，以致知为鼓吹的。 他们想人之不能想，说人之不能说……"

"所以，他们便能知人之不能知。"

"哪里！"长老轻蔑地一挥手，"此辈道地是愚人自弄！其求知也，非即知也。 哲学家的求知术，无非思辨而已。然而这并不可靠，可靠的是科学家的观察。 所以德谟克里特的原子论要待道尔顿来证实，而托勒密的宇宙体系则由哥白尼来推翻。 泰勒斯说万物皆成于水，科学家知他是无稽之谈，柏拉图设计了理想国，政治家知他是痴人说梦。 然而古人科技毕竟贫弱，观察无由，也只好靠思辨，所以一部哲学史，不过是古人对世界本质所进行的不断猜测的集大成。 自然科学一旦兴起，便是这种古典哲学的衰落。"

"那为什么又兴起了现代哲学呢？"

"因为自然科学的领域毕竟有限，它不能回答人们对社会提出的问题。 现代哲学的兴趣主要在这里。 不过哲学至此早已面目全非了。"

　　长老投给了我一束思想的火花，它在我的脑海中熊熊燃烧了起来："您是不是说，哲学仅仅是一种古老的思想方法，它的特点是思辨，是虚致，而科学则是一种现代的思想方法，它的特点是观察，是实求？　您是不是认为，用思辨得到的真理并不可靠，只有被观察证实的真理才可靠？　您是不是断定，哲学的立足之地仅仅是科学目力所未及的地方。　一旦科学的目力所及，哲学便会销声匿迹。　因而哲学最终将被日益发展的科学彻底代替？"

　　"你讲得太混乱了，不必讲什么虚致、实求，如果一定要打比方，可以说哲学是想，科学是看。　所以科学看不到的地方可以用哲学去推测。　你说的也不完全对。　科学真实，然而有限，哲学朦胧，然而广大。　既然科学的力量永远有限，它也就永远不能彻底取代哲学。　虽然人类受过它不少的愚弄……"

　　长老的话使我陷入一片沉思。　他虽然言辞古奥，讲的却尽是我从未听过的崭新思想。　他看似超凡脱俗，优哉游哉，然而思路严谨，条理分明，决然未脱世间的学者风范。　他精通哲理，也深解科学，然而笃信的却是宗教。　我恐怕永远也不会理解，在这样一个人的身上，何以竟能统一起这样多的矛盾？

　　山道向直插云天的高峰延伸上去，我们在山道紧贴山麓向右强烈曲折的端角处站住了。　在我们面前，一块尖利的怪石拔地而起，直挺挺地兀立在山道的边缘，俯临着低回的山谷。 怪石上，赫然镌刻着三个朱红大字：斩云剑。

就在这里，我差点冒犯了长老的尊严。

我站在长老身边，抚摸着那铁锈色的岩石："形状不错，但它真能斩云吗？"

"那倒是名不虚传。"长老向山谷中略一顾盼，又转身向山外望了望，便将手向南方遥遥一指："你看！"

我转过身，只见广阔的原野上空，万千朵白云正在缓慢地飘浮着。 它们绝大多数向北飘来，又慢慢飘向两边的山后，但是有几朵却径直向山口飘了进来。 转眼，一朵白云已飘进山口，从从容容地向深谷飘去。 当它飘过这块怪石与对面山峰的对接线时，似乎突然被一种什么力量轻轻托了一下，使它陡然上升，顷刻间便被扯成碎絮，转而如烟消散了。

我惊奇得几乎要叫起来。 但长老又指给我看第二朵。同样，它在飘过这块怪石面前时也被一挥而尽。 随后飘来的几朵，竟没有一朵能进入山谷。

"奇怪！ 简直太奇怪了！"我忍不住叫起来。

"安静，注意看！"长老喝住了我。

一团巨大的浓积云正向山口涌来，这团白云的体积是这样庞大，就像一座四层楼一样，以至强烈的阳光都不能照透它，使它背阴的底部黑沉沉的。 它的来势是如此沉重，以至于我无法想象刚才那个轻飘飘的力量将怎样阻挡它。

我睁大了眼睛，准备看看这团巨大的云堆怎样涌进山谷，一头撞在深处的崖壁上。

它被东南风稳稳地推进了山谷，一直通过了斩云剑。 然而当它继续涌向山谷深处的时候，那股力量猛地冲腾起来，把它整个翻了个滚。 与此同时，满山谷的茂密树木发出一种奇怪的沙沙声。 我定睛望下去，原来那团白云竟化作一阵细雨倾泻而下！

我被这大自然的奇妙表演惊得眉飞色舞。 我用力摇撼着那坚硬的岩石，大声问道："斩云剑，斩云剑！ 难道你真有这样大的神通吗？"

斩云剑沉默着。 它的根基牢固地联结在坚硬的地壳上，纹丝不动。

我坚信科学，并不相信自然界中会有任何的奇迹。 然而现在我却无法想象那个轻而易举地将白云覆手为雨的神秘力量到底是什么。

当我们继续向上走去的时候，长老问道："你知道锋面吗？"

我想了想："知道。"

"你刚才看到的，就是锋面。"

长老说的锋面，是气象学上一种最基本的现象：当一团巨大的暖空气和一团巨大的冷空气相遇时，它们之间会形成一个倾斜的接触面，这个接触面就叫作"锋面"，锋面所覆盖的广大区域，就是云区和雨区。 自然界中最重要的那些云雨现象，差不多都是在锋面的基础上形成的。 但是，一个锋面起码也要有几百公里甚至上千公里的范围啊！

"锋面？ 难道这样一个山谷中也会形成锋面吗？"

"大小不同，其中的道理是一样的。 你看——"我顺着长老所指向山外望去，一望无际的云朵仍在半空飘浮着，"东南风带来了这些海洋上的暖空气，而山谷中的空气却是冷的。"

我观察着山谷，只见那里面阳光遮蔽，气象森森。 我开始明白了，正是那里面隐藏着的一个看不见的冷气团，用那些暖洋洋的白云玩了一出云消雨落的把戏。

"那山谷中又怎么会产生冷空气呢？"

长老冉冉地向前走着："可能不是产生，而是积留。 当大片冷空气从山区退去的时候，在那里留下了一团。"他和蔼地看了我一眼："不过，你是有福之人哪！ 我在此地四十余年，像这样的云雨奇观，也不过是第三次看到。"

我沉吟了起来，面对他如此丰富的科学知识，那个百思不解的问题在我心中再也憋不住了。 我紧走两步，追上了他。

"长老，我想向您请教一个问题。 当然，这样问可能很不礼貌。"

"说吧。"长老胸有成竹。

"长老，我并不想奉承您，但我得承认，您的哲学思想使我起敬，您的科学知识更让我钦佩。 但也正是因为这样，我才无论如何也不能理解，您为什么还要相信宗教？ 请您原谅我的冒昧，我不能理解。 要知道，我们的时代是一个科学如此发达的时代，科学不但发现了无数的真理，而且证实了许多古人不能证实的推测，纠正了许多古人无法纠正的谬误。正如您方才所说，现代科学甚至已经取代了整个古代哲学。这就使我想起了您的宗教，要知道，它几乎和古典哲学一样的古老，难道它没有和古典哲学一样显得陈旧了吗？ 难道人类的科学知识还没有纠正它的种种谬误吗？"

我大胆地跟随着长老那稳健的步履，慨然直陈己见：

"我不能否认佛教有着光辉灿烂的历史和传统，但是，一个人假如懂得天文学和气象学，他就不能想象怎样在宇宙中构筑天宫神殿，假如懂得力学和物理学，他就不会相信腾云驾雾真能发生。 而您恰恰是一个深知科学的人，您的学识使我相信您也必定是一个热爱科学的人。 因而我无论如何也无法理解，您为什么仍然要相信宗教。"

"宗教又到底为何而不可信呢？"

"这是不言而喻的：因为它不真实。 它对世界的解释和它那些珠光宝气的传说完全是虚幻的。"

长老沉吟不语。

这问题对于任何一个信仰宗教的人来说都是一个带有挑战性质的问题。 这样的问题，在提问者可以是一种请教，而在被问者却常常是一种亵渎。 因为它公然怀疑那个只能虔诚崇拜的神明。 宗教信仰曾经构成人类最基本的尊严，为了捍卫自己的宗教信仰，历史上在异教徒和异教派之间发生过多少残酷的冲突啊！ 我后悔自己提了一个极为失礼的问题。然而庆幸的是长老涵养极深，他并没有表示丝毫的责怪，而只是默默前行，什么也没有回答。 当我看出他并不打算与我议论这个问题时，就赶快知趣地拨转了话头。 当时，我并没有奇怪长老为什么这样轻易地就让一个晚辈的无神论占了他的上风。

不知什么时候，我们已经走出了森林，正在嶙峋的山石之间攀登。 一路上，我们仍然兴致勃勃，几乎每一处古迹都能引起我们的无限谈机。

终于，在下午四点钟的时候，我们到达了登临绝顶的最后一段险路。

我喘着气向头上望去，只见一溜笔直的阶梯直插蓝天。在阶梯尽头，一座红墙金瓦的城楼遥遥高架在天上，透过那细小的门洞，还可以看到一隙玻璃般明净的天空。 它看上去是那样小，简直如同盆景上的石雕小城一样。

长老也微微喘着。 他抓住栏杆向我说道："这就是天梯了。 上去就是岱顶。 怎么样，年轻人，上吧？"

我一把扶住长老："好，上！"

长老健步而上，我紧紧跟在后面拼命攀登，却无法超越这个常年在这条山道上行走的老人。 很快，我感到气力不接了。

"别忙，小心风呛着！"长老停下脚步，伸过手来将我一把挽住。 我突然发现老人的手力极强。

我迈着两条已经和石头一般坚硬的腿，终于登上了最后一级。 我站住脚，胸膛剧烈地起伏着，高空低气压所造成的急促呼吸，使我感到一种从来没有过的痛快！

现在，我们已经置身于山峰之上。 我紧靠在铁栏杆上，回身向下望去。 一幅无比广阔的景色呈现在我的眼底：

大地已变得烟波浩渺，鲜艳的绿色原野变得弥漫了。 那一望无际的云朵正在我们下面很远的地方飘浮着，就像撒下了无数绽开的棉桃。 在我们的脚底，是起伏的群山、浓郁的森林。 一只苍鹰，正在这崇山峻岭之间展翅盘旋。 我仔细寻找了一下，四个小时以前我们休息过的"中天门茶厅"，就像是远远摆在那里的一枚棋子。

阵阵强劲的山风有力地掀动着我的衣襟，吹得长老宽大的衣服鼓荡起来，噗噗作响。 山谷中，布满山麓的林海发出海啸般的林涛声。

"喏，那就是黄河！"长老的手向遥远的地平线指去。

那里，烟波弥漫中，隐隐约约一痕米黄色的细线从平原的尽头划过，在太阳的照射下闪着亮光。

"黄河！"我在心中发出一声欢呼。 那就是我们民族发祥的渊源吗？ 那就是我们祖先开发的沃野吗？ 我曾经在火车上注视它混浊的波涛，也曾在济南大铁桥下捧起过它浑厚的泥浆。 在内河训练时，我还曾在它宽阔的河面上航行过。但是我从来不曾想象过这条泛滥起来如野兽般凶猛的黄河，在祖国无边无际的原野上竟显示着这样优美的曲线，在灿烂的阳光下竟闪动着这样柔美的金光。

无从喷发的激情冲荡着我的胸膛，我真想伸开双臂，伸向那烟霭磅礴的万里山河，发出倾尽肺腑的呐喊和欢呼！

"黄——河——！"

十几个回声呼应着，将我的呼喊传递出去，消失在回环激荡的山风中。

长老微笑地看着我："你已经在人间的高处了。"

我激动地回过头来，才发现那座红墙金瓦的巨大城楼已经高临在我们的头顶上。这座古老的城楼已经破旧了，墙皮剥落处，裸露着陈旧的泥灰和城砖。黄色的琉璃瓦上，几丛茅草在呼啸的风中抖动。

就在这破败城楼的巨大门洞两旁，一副绿底金字的对联映入我的眼帘。我读道：

"门辟九霄仰步三天胜迹，阶崇万级俯临千嶂奇观。"

横额上，赫然题着三个大字：南天门！

这端庄的字迹、严整的对仗，使我感到身心肃穆，顿生敬畏之心。而那古朴的文句，壮丽的诗意，锤字坚实，结响铿锵，更激起我胸中万丈豪气和无限激情！面对着这副镌刻在云天之上的题联，我不禁低吟沉咏，发出了由衷的赞叹：

"绝妙好辞！真是写得太好、太美了！"

然而长老却冷冷一笑，半是不以为然半是讥讽挖苦地说道："空蒙宇宙，岂有三天？一路行来，又何止万级！哼，好什么？美什么？"

说罢，长老一拂衣襟，径自穿门而过，头也不回地踏上了天街。

这兜头一瓢凉水，浇得我好不扫兴！

我快步追了上去："您说得不对。这是艺术，艺术可以夸张，更可以虚构。就此联而论，非三天不足以尽其高，非万级不足以尽其长，如何不好，如何不美？"

"夸张？虚构？"长老呵呵大笑起来，"要知道：不美即是不真，不真即是不美，言不符实，还有什么艺术可言！"

"不然，"我当即搜索枯肠，据理力争，"真并不是美，美也并不是真。数学枯槁，医学污垢，它们是真的，然而不美。舞蹈可以悦人耳目，音乐可以动人心弦，它们是美的，然而也没什么真可言。可见真与美并不相干。真而不美，方成其严肃，美而不真，方成其浪漫。假如真即是美，那么数学与医学就是最好的艺术。假如美即是真，歌舞便可以代替科学。不，长老，这无论如何是不可能的！要知道在我们的生活中常常是真中有丑而没有美，美中有假而没有真。怎么能说真即是美，美即是真呢？所以不真实的东西，不但可以是优美的，而且常常是最优美的。"

长老已经在突然之间变得非常不讲道理，他冷嘲热讽似的争辩道："完全不对。科学是衡量一切的准绳，凡是不合于科学的说法，自然应一律掀翻……"

"您错了！完完全全地错了！"我紧追不舍地叫道，"对科学真理的探索，并不是人类精神生活的全部内容。在这之外，我们还要求美的享受，要求感情生活的满足。假如我们的生活中只有科学而没有艺术，只有探索而没有欣赏，人类历史就会成为一部枯燥的教科书，人类生活就会失去全部欢乐！"

我简直不明白，这个老和尚怎么突然这样漫无边际地夸大和侈谈起科学来。

长老停住脚步，在天街中间站住了。他用一种异常深刻的目光看了我一眼，淡淡一笑：

"年轻人，你说得很对：人类要求感情生活的满足，要求美的享受，而科学并不能提供这一切，它只能使我们获得对自然的了解。但是，你说得并不完全对。如你所说，在真之外，还有美。但是你却忘了，在美之外，还有善。对真善美的追求，才是人类精神生活的全部内容。而追求真的，是科学，追求美的，是艺术，追求善的，这就是宗教。来路上，你曾向我说宗教不真实。那么现在我可以向你说，艺术既然可以不真实，宗教又为什么一定要真实？艺术的意义不在于真而在于美。同样，宗教的意义也不在于真而在于善。世上的宗教，西方有耶稣安拉，东方有佛宗道祖，支派纷繁，何止百种，难道都是真的不成？但那教义尽管纷纭，主旨却终不过是劝导人间，使强者怜悯，富者慈悲，让人生的痛苦得到抚慰，于灵魂的空虚有所寄托。所以，只要善行布于天下，我佛究属有无倒在其次。至于经幢宝刹，无非肃穆其心，而吃斋打坐，则不过养生之道而已。宗教一事，本为人心所设，信之则有，不信则无，完全在于虔诚。古人早就说了：我心即是我佛。可见宗教以道德为本，其实与科学并不相干。只是后人无知，偏要用尘世的经验去证明与推翻天国的存在，才惹出这无数争论，万种是非！……"

长老长叹一声，神情已变得异常严肃，他怀着诚敬的心，沉吟着自己那些释神的话向前走去，不再说什么了。

我哑口无言。但是我知道，机关已经点破。不错，长老的话是雄辩的，这番话简直就是一道无懈可击的坚城。然而在这用坚固的语言所构成的壁垒后面，他却在理论上悄然退却了。这退却是如此的深刻，以至于他再退一步，就会彻底脱离他那信仰的王国而直接坠入无神论的大千世界之中。我看看默默前行的长老，心知我们已谈到了话尽头，竟也沉吟起来，只有紧随其后，踏进了山顶的连天衰草。

是的，这并不是一种迷信，并不是一种对虚妄传说的膜拜，而是一种充满了理智的信仰。从外表看，那信仰似乎是毫无根据的，似乎完全是受了一系列古老故事的欺骗。但是那些并不真实的说教，却可以在精神上发挥一种奇妙的作用，使这位佛门弟子在他可能经历过的复杂人生中获得一种心灵上的安详与和谐。我再一次感到了这位老人的深不可测。猛地看起来，他是一个"昏聩"的和尚。但是在他的心灵深处，在那个可能他自己的理智也不常能达到的心灵深处，却是一个清醒的世界。

我们就这样沉默着，一同踏上了碧霞祠的山门。

　　我们面前出现了一座古色古香的宫殿。正中，紧闭着两扇红漆金钉的大门。门前有四根红漆大柱，支撑着一排金黄的琉璃瓦顶。瓦顶上面，矗立着一层华丽的楼阁。两尊彩塑的高大山神分守在宫门左右，一个手握金蛇，一个高擎利剑，正龇牙咧嘴地怒视着我们。

　　长老在门边的小窗中拨动了一部奶白色的电话，紧闭的大门便在一阵轻微的马达声中打开了。我们径直穿过这座寺庙，转入一道小门。展现在我面前的，是一座整洁而宁静的庭院。但院中厅廊古朴，粉漆半旧，与那座瑞气照人的宫门显得不大和谐。

　　我跟着长老来到他的住房，随手将制服和军帽搭在一把交椅上，长老却将它们拿起来，挂在了衣帽架上。

　　"今晚，你就在这里下榻。"

　　我赶快推让："这怎么行！一路上已经多承您照顾，怎么好再打扰您！"

　　他挽住我朗声大笑起来："你这就差啰！如果军人住庙不妥，自可请便。但要说怕打扰，那倒大可不必。说实话，这里轻易也是不接待游客的。但是既然一同走了上来，我们也不必就这样分手。更何况，有人相伴，在我是求之不得——你先坐，我去更衣就来。"说罢，他将竹杖靠在书架上，指给我热水，径自出去了。

　　我一个人留在屋子中洗过脸，便点着一支烟，打量起这间禅房来。

其实，这只是一间书房，因为这屋子并没有丝毫的宗教气息。 雪白的粉装墙壁，光滑的细木地板，天花板上是日光灯管，门边配着很美观的按键开关，这些都和一般的城市住宅没有什么两样。 而屋中的陈设更显示出主人是按照标准的现代方式生活的：一架巨大的落地立体声收音机放在屋中非常显眼的一角，黑色的音箱上，一部中等型号的彩色电视机亮晶晶地拉出了天线。 靠窗的书桌上，玻璃台历翻着前天的日期。 台历旁，一座石英闹钟正啪嗒啪嗒地变幻着液晶数字。 靠墙是一排镶有玻璃拉板滑门的巨大书柜，而装在书柜上的那具折臂台灯，竟和我在军舰上用的那具一模一样。

我走到书柜前，看见与我那根青竹杖并放在一起的，还有一根波斯手杖。 这根手杖看上去十分贵重。 檀红色的杖体，两端都包了金。 手柄上用金丝镂成了斜方格的精致图案，柄头上还装饰着一块宝石形状的蓝色钢化玻璃。 我忍不住拿起它掂了掂，却并不沉重。

所有这一切，都与我想象中的僧侣生活太不和谐了。

我站在高大的书柜前，开始浏览玻璃后面那无数的藏书。 它们的种类与内容都十分庞杂。 除了各式各样的读物、目录和单行本外，有整整三排是全卷集的。 我大致浏览了一下，就看到史学方面有全套的《资治通鉴》和《清史稿》，哲学方面有《庄子》《淮南子》和《吕氏春秋》，评论著作有《章氏丛书》和《胡适文存》，外国著作有从洛克、卢梭、黑格尔、马克思，一直到罗素、杜威等人的著述，还有一本普鲁塔克的《希腊罗马名人传》。甚至有些书还是外文版。当然，最多的还是佛著和佛经。我在那整整四排的线装古书中，看到了无数古奥费解的书名：《兜沙经》《金刚经》《华严义海百门》《大正藏》，这些无疑是佛经了，《唐高僧传》《洛阳伽蓝记》和《景德传灯录》等等可能是佛教的传记。而《古尊宿语录》《宗镜录》则可能是一些高僧的语录。这些书密密层层地摆满了书架，书中夹满了无数做记号和摘录的纸条。这些书本身就是一个浩瀚的大海，以至我觉得只要从中抽出任何一本，我就会被这片大海所淹没。

我回到书桌前，注意到桌上整齐地摆着一大沓手稿。最上面的卷首用粗犷的毛笔字题着书名：《大乘宏解》。我掀起一部分稿纸，看到上面写满了蝇头小楷以及朱笔作的修改。其中还有一行标题："卷七十三：涅槃精微"。显然这是长老尚未完成的宗教著述。

最后，我的目光停留在了桌子正中一张镶在玻璃相框中的发黄的旧照片上。那上面坐着一位身材魁伟的老人，他光着头，留着小胡子，穿着黑色的马褂，正从一个陈旧的年代中用严厉的目光看着我。在照片的空白处，用苍劲的笔迹影印着一句简短的题词："我就是我。"

我拿起相框翻转过来，看到照片背后是笔体相同的手迹：玄师南岳存照。下款是：冯玉祥赠，民国三十一年元旦。

门开了，长老提着一只红木大匣走进来，他从岱顶餐厅买来了晚饭。 现在他换了一身灰色的短袄和一双底子很厚的布鞋。 盥洗后的老人，显得精神焕发。

"老人家，您认识冯玉祥将军吗？"

"怎么不认识！ 他在泰山住了十年。 那时我还年轻，常去玉祥别墅看他。 一晃他死去已近四十年了。 哦，这是他送我的照片。"他从我手中接过相框，端详着早已葬在泰山西麓的冯玉祥的遗容。

"那么，您就是玄师南岳了？"

"作为晚辈，那不过是他对我的谊称。"

"您出家以前也姓南吗？"

"不，我的开山师祖姓南……"长老若有所思地将照片在手中拿了一会儿，将它端端正正地放回了原处。

吃饭的时候，这房间的一切在我心中触发的无穷无尽的问题一个劲地在我的脑海中回旋。 这位神秘的长老曾经是个什么人？ 他与冯玉祥是什么关系？ 他的身世中有些什么样的经历？ 他在晚年准备做些什么和写些什么？ 而"南"姓一系又究竟是怎么回事？ 我打定主意：在今夜和明天一定要与他好好谈一谈。 在不触犯老人忌讳的前提下，我渴望着对他有更多的了解。

台钟发出一阵轻微的蜂音，时间是六点整。 那架巨大的半导体收音机啪的一声自动打开了。 现在，山东省台正在转播中央气象台发布的天气预报。 女播音员的声音单调而又平静，然而她所报告的，却是此刻正在亚洲上空一万米厚的对流层大气中发生的一种雷霆万钧的变化：

"……在日本海上空，以及蒙古人民共和国和苏联贝加尔湖一带，有一个一〇一〇毫巴的暖高压中心和一个一〇三六毫巴的冷高压中心。 在我国华中和华东地区有一个低压槽，一〇〇四毫巴的低压中心在河南、山东一带……"

这是一个无比巨大的锋面。

"……在冷空气的中间，有一条冷锋。 这条冷锋的低压中心经过海参崴、渤海、济南、武汉、昆明、曼德勒、孟加拉直到加尔各答一线，冷锋的后面，有大片的雨区……"

我意识到，泰山马上就要处在一场暴雨之中。

当我们喝完汤放下碗的时候，长老一边递给我一条毛巾，一边在悦耳的音乐声中说道："年轻人，今天我佛对你真是格外慈悲：中午，他让你在中天门看到了斩云奇观，而傍晚，他还要让你在月观峰看到日落和云海。"

一阵感激的热浪从我心头扑过。 我这才意识到刚才的天气预报对我究竟意味着什么：雷霆和暴雨将在我们脚下发生，而我们这些居于云天之上的人将看到的，却完全是另外一番景象。

我们当即收拾好碗筷，一同向寺院外走去。 当我们走出西神门，站在高高的台阶上时，泰山上的景色已为之一变。 无边无际的云海，已经淹没了一切。 广阔无垠的齐鲁大平原看不到了，绵延起伏的泰沂山脉也看不到了，气势磅礴的云的波涛在我们脚下翻滚着，一直铺展到遥远的天边。 攒动的云头在斜阳的照射下映出明暗相间的金色和红色。 泰山，就像一座海岛一样孤悬在这一望无际的云的海洋中。

此刻，在南天门那里正发生着极其壮丽的景色。 浑厚的云涛，在泰山的北麓翻滚着涌上山顶，几乎淹没了整个南天门，然后顺着天梯向南麓倾泻下去。 巨大的云流在日观峰与月观峰之间的鞍状部位缓慢地滚滚流动着，远远看去，就像一条凝固的滔滔大河，正以不可阻挡的气势从山北涌向山南，覆盖了沿途的一切。 南天门的金顶摇摇晃晃地飘浮在这白色的波涛之上。

我惊叹着这壮丽的景色，与长老顺着台阶步下山门，沿着天街向西走去。 我们将从南天门那里登上月观峰，在峰顶的望亭送别日落。

这时，从天街上面一百多米远处的岱顶宾馆走下来一群外国人，他们男男女女有二十多个，显然也是要去月观峰看日落。 笔挺的西服和花花绿绿的时装在斜射的阳光中谈笑着，指点着，不时传来阵阵愉快的哄笑。 当他们沿着小道踏上天街的时候，我和长老也走到了那里，于是我们在岔口处交会了。

我和长老停住了脚步，想等待他们先走过去。 但是显然我的海军装束和长老的僧侣风度引起了这些外国人的注意。他们也站住了脚步。 这些外国人零零落落地停止了谈笑，开始用好奇的神情打量着我们，人群中的几个外国女子发出了轻轻的笑声，并且互相低语了几句外国话。

我看看长老。

"我们还是走在后面吧。"长老笑着告诉我。

于是我伸出一只手臂，表示请他们先走。可是他们互相看了一下，并没有动，却似乎在推举着自己的代表。

人群中很快笑着走出一位唯一的军官。当他走到我面前，与我照面以后，我们以军人的习惯互相敬了礼，然后把对方的手紧紧握住了。

他的礼节是相当潇洒的。手臂几乎是垂直地曲折起来，用并拢的食指和中指啪地在坚硬的帽檐上一碰。我忍不住仔细打量了一下他。这是一个面孔微黑的欧洲人，眼睛很温和，鼻子下面蓄着一绺英俊的小胡子，看上去亲切而幽默。他穿着灰色军服，深红色的领章上一边缀着一只鹰，一边缀着两柄交叉的短剑。由于他的肩章上编织着我不认识的符号和花纹，因而我无法判断他的军阶。此刻，他也正愉快地打量着我。

外国人发出爽朗的笑声，并且有微型镁光灯闪了几下。我用力握着他的手，用英语问候了一句："你好。"

他笑着点点头，表示听懂了。但他作为回答而说的一句完整的外国话，却不是我所熟悉的英语，而是一种西班牙式的混合语。这就使他的国籍很难弄清了。

我们不约而同地把脸转向一旁。一个衣着朴素的女翻译已经快步来到了我们面前。她和善地看着我，微笑着介绍道："这是波西宁上尉。他说：很高兴与你相识。"

这的确也使我感到高兴，于是我马上答道："我是中条山舰航海长李淮平。 我也同样高兴与你相识，上尉。"

经过友好的自我介绍以后，我们的手互相松开了。 但是翻译却并没有把我的话译过去。

波西宁上尉转过脸向翻译问了一句什么。 但从翻译那里传来的，却仍然是沉默。

我感到奇怪了。 翻译这莫名其妙的沉默已经开始在影响着这愉快而有趣的邂逅。 于是我转过脸，也用询问的眼光去看她。 可是当我终于看清了那张熟悉的面孔时，我顿时愣住了。

南珊，阔别了十三年的南珊！ 她在我的生活中销声匿迹了这样久以后，现在重新站在了我的面前，而且这一回竟是这样近！

我呆呆地看着她，很久很久都说不出一句话来。 我的心被这突然的相会震慑住了。 而一种骤然产生的惊慌和迷惘的神情，也正浮在那张曾经是多么清秀的脸上。 我紧紧盯着她那扬起的眉毛、睁大的眼睛、疑虑的前额和惊愕的嘴唇，心跳不可遏制地加剧起来。

是的，站在我面前的这个女翻译，正是我十几年前认识的那个少女。 那一切熟悉的特征，和这久别重逢的惊愕神情都在向我证明，她就是南珊。 然而此时的南珊已经是这样一个干部打扮的中年妇女了。 我呆呆地端详着那刚刚出现浅纹的眼角，那不再圆润的脸庞，已经有些干燥的头发和我从来没有发现过的鼻子上的几点浅浅的雀斑……我清清楚楚地看到，她眼中开始涌起一层薄薄的泪水，那双湿漉漉的眸子已经不再那样黑、那样亮了，它们已经变得有些混浊。 这一切，都正在迅速地模糊着我心中那个少女的影子。 我开始意识到：那个天真大胆的女孩子早已不复存在。 代替她的，是一位成熟而干练的中年妇女。 而这位中年妇女的南珊，已经不会再把任何欢乐的情绪和调皮的念头汇在坦率的谈吐和响亮的笑声中清澈见底地透露出来了。 不会了，永远不会了。在她的胸中，已经是一个深思熟虑的心灵。 这个心灵已经永远改变了她的音容笑貌，同时也给她的脸上换上了一切中年妇女都会有的那种沉着而坚定的神色。

周围开始响起窃窃的低语声。

南珊的表情正在发生着迅速的变化。 惊愕，迷惘，难过，随后是内心深处的痛苦。 当她的神志终于在剧烈的感情波澜中镇静下来的时候，她勉强控制住了一碰就会掉下来的眼泪，咬着嘴唇，把头痛苦地垂下了。

我万分抱歉地看了被冷落在一旁的上尉一眼。 这个感情丰富的外国军官正惊讶地注视着我们。 我又用歉意的目光环视了一下那群外国人。 他们的表情是各种各样的：有好奇，有同情，有善意的微笑，也有冷静的观察。 最后，我为难地把目光停在了长老的脸上。 他正用无比深情的目光注视着我们。

"你们有多少年未见面了？"他问。

外国人的目光全部投向了老人。

"十三年。"我用发哽的嗓子回答。

"你们之间有一段难忘的往事,是吗?"

"是的……"

老人双手合十,向我们微微垂下了和善的眼睛和那苍老而高贵的头。

我几乎忍不住就要掉下的泪水,却不知用什么方式来表示感激。

"谢谢……"我感到嗓子被什么噎住了。

"谢谢……"南珊也用极轻微的声音说道,同时尊重地向老人微微鞠了一躬。

那群外国人惊奇地注视着一向以稳重著称的中国人之间这感情的流露,显然意识到这样多的人围观在一旁是不合适的,于是有人低语了几句,相互示意离去。首先是两个比较年长的男人向南珊礼貌地微笑了一下,转身走了。然后大家也向南珊说了祝福的话,结伴离去。他们漫步到天街尽头,穿过南天门那道云流,又重新出现在对面的山坡上,不时还有人好奇地回身向我们张望。

上尉和长老是最后离去的两个人。满怀友好之情的上尉很清楚自己在这场重逢中充当了重要的媒介,他充满感情地伸开双臂,用力抱了一下我和南珊的肩,说了一句什么。然后,他好像征询似的望了长老一眼。长老深沉地向他点了点头。上尉后退一步,举手向我们敬了一个礼,不等到我还礼，便微笑地转过身，与长老相携而去了。

现在，在天街的岔路口上，只剩下了我和南珊两个人，但我们好久没有说话，直到上尉和长老也双双登上了月观峰的山坡，我才轻轻问道："上尉说什么？"

南珊没有看我，她望着上尉与长老的背影，静静回答说："他祝贺我们旧友重逢……"

我们陷入一阵沉默之中。

现在，我可以仔细地端详她了。她知道我在看她，一言不发地注视着散布在月观峰上的许多游人的身影。此刻，屹立在万里云海中的月观峰已经被斜照的夕阳镀上了一层金红的颜色。金光辉照中，南珊的侧影显得异常安详与柔和。那金色的光线重新勾画出了她长长的眉毛和眼睫，重新映照出她明亮的眸子。她就这样安详地凝视着，使她少女时代的形影重新在我的脑海中浮现了出来。这使我心中产生一阵轻微的悸动。我就这样看着她，在沉吟了好久以后终于说道：

"真想不到，会在这个地方看到你。"

"我也是。"她不自然地笑笑。

"也没想到，是在这么多年以后。"

"对。"她点点头。

此刻，无数往事在我心头翻滚着。但是那样多的话，一时竟无从说起。

"南珊，我最后一次见到你，是在你去边疆的火车上。如果我没有弄错的话，在火车开动的时候你一定也看到我了。"

她这才看了我一眼："对，我看到了。"

"但是你可能并不知道，在火车开动前，我还在车上听到了你和你家里人讲的许多话。"

她微微一笑："不，那天我弟弟看到了你。所以事后我猜想到可能是那样的。"

"是的，是那样。当时我在车厢的夹道中听你们全家交谈了很久，而且那些话留给我的印象至今也不能磨灭。"

"是吗？"她用诚恳的目光直视着我的眼睛，"我愿意这样。"

我们互相看着，又是一阵短暂的沉默。

"我知道那趟火车是向北去的。这些年你一直在草原上吗？"

"那趟火车一共送走了三批知识青年，一批去内蒙古，一批去吉林，一批去北大荒。我们到内蒙古昭盟去了。不过一年以后又转到了兴安岭。"

"一直当牧民吗？"

"不，在草原上是当牧民——在那里学会了骑马。到了兴安岭后，就在林场当了女工。"

"伐木？"

"不，开拖拉机。"

"后来呢？"

"后来我们全家都回江苏老家务农去了。一九七四年，我在无锡一家医院里翻译了一段时间的外文资料。三年以后，也就是一九七七年，我又先后调到杭州、苏州、上海、南京，最后才在省外事局当了翻译，一直到现在。"

"那是哪一年？"

"一九七八年底。到现在我已经做这件工作两年多了。"

"你看，刚一见面我就打听这么多。"

"不要紧，久别重逢的人大都是这样。"

我们现在可以坦率地笑了，但是都不看对方。

"我能想象得出来，在这些辗转中你经历了不少波折。"

"嗯……可以这样说吧。不过生活也给了我很大磨炼。你怎么样，这些年在军队中还顺利吧？"

我回想着我所经历的那些失败和挫折，却用肯定的口气回答道："是的，我非常顺利。"

她点点头："我相信。"

她的话是诚恳的。她为我的顺利而感到高兴，也可能，还为我的幸福感到欣慰。但是我却并没有这些东西。我不由地发出一声苦笑。

"你怎么了？"

"噢，没什么。我在想，你曾经想过要问我一件什么事情吗？"

她不解地摇了摇头。

"要知道，你直到今天还并不知道我的名字。如果你愿意知道的话，我想，我应该作一个虽然已经为时太晚的自我介绍。"

她迅速地闪动了一下眼睛，但是并没有流露出自己真实的心情："不必了，我早已经知道了。"

我感到万分惊讶："你怎么会知道呢？ 我从来没有机会告诉你呀！"

"却有别人告诉我了。"

"谁？"

"我不太想让你知道这件事。"

"为什么？"

"可能对你不太好。"

"不会的。"

她望着苍茫的云海沉吟不语，嘴角挂着淡淡的微笑。

"请你相信我。 你的任何话都不会对我有什么伤害。"

她望着那遥远的地方，惨然一笑："你叫李淮平……"

"是的。"

她凝视着远方，似乎又不打算说下去了。

"但是请你告诉我，究竟谁会告诉你。"

她微微眯起那凝思远望的眼睛，回忆着那些遥远的往事："我不知道那个小红卫兵叫什么。 那天，当你在客厅中盘问我的外祖父时，我就在门玻璃后看到并认出了你。 当时，那个男孩子抽了我一皮带，说等会儿李淮平教训完了你姥爷再来教训你。 那时，我就知道了你的名字。 不过这个名字我却从来没有向谁说起过，直到今天，我也只是头一次提到它：李淮平。"

我的心像被鞭子抽了一下似的。 我想和她一样地微笑，但是我的声音却发抖了："从那天以后，我的心再没有一天平静过，真的，没有一天！ ……"

"从那天以后，我的心却像燃烧过的灰一样平静。"

南珊在叙述这些往事的时候，整个身心都和她那凝视的目光一样投在了遥远的天边。 她完全不看我，好像我并不在她身边，她那些话不过是在自言自语而已。

一种痛悔与惭愧交加的心情残酷地折磨着我。 但是在这样的岁数，我却必须把少年时代的回忆所唤起的任何一种感情都拼命克制住才行。

"我希望，不，我相信，那天晚上的抄家不会成为你生活中的转折……请你相信我的话，你应该永远是你！ ……"

"整个国家都发生了那样巨大的变化。 我们谁也不可能，也不应该依然故我。"她垂着眼帘，脸上显现着一种异乎寻常的平静和淡漠。

变化了，一切都变化了！ 曾经是那样的，今天变成这样。 而失去的，也就永远不会再循环回来。 现在我面前的这位成熟而刚毅的中年妇女，曾经是一个多么天真活泼的女孩子。 她在我心中唤起了多少美好的憧憬啊！ 可是在那个无情的夜晚，我却亲手将这一切打得粉碎。 多少年来，我梦想着重新见到她，梦想着恢复那已经失去的希望。 然而直到今天，她才为时已晚地回到我的面前。 而命运使她重新回来，似乎也只不过是为了向我证实：十五年前的那个少女已经不复存在，而我那少年之梦的任何一点影子，也永远不会再出现了。 变化了，一切都变化了！ 但是使生活逆转的原因和力量究竟何在？ 而我那毁灭性的无情，又究竟是为了什么？

人间的一切，就是这样的难解！

南珊轻轻叹了一口气，慢慢转身看着我。

"你还记得吗？ 当我们第一次见面的时候，我们曾经讨论过一个题目？"

我茫然地看着她，痛苦地感到自己无法去回想起那个题目。 不错，那次林中谈话的愉快情景至今还如此清晰地留在我的脑海里，但那次谈话的内容却几乎一点也记不清了。

"怎么？ 一点印象也没有了吗？"

我惭愧地摇了摇头："我确实记不清了。"

南珊用责备的眼睛审视着我："这样的题目怎么能轻易就放弃掉？ 你怎么能随随便便就把你关于文明与野蛮所讲的那些那样出色的话忘记了呢？"

"对的，当时我们是谈到了这样一个题目：文明和野蛮。但是，我得承认，我从来就没有好好想过它。 至于当时我讲的那些……不过是些……怎么说呢？ 我找不到合适的语言来说明我当时怎么会说出那样一些似是而非的话。"

她看着我摇了摇头："不，你说的并不是一些似是而非的话。 十五年前，当我责备人们总是用野蛮去破坏自己创造的文明时，你曾经向我说，文明和野蛮就像人和影子一样分不开。 你说，在古希腊，人们正是在一场野蛮的掠夺战争中创造了美丽的希腊神话。 你还说，那些把人类引进了文明的东西，也同样把人类引进战争：最初给人类带来文明的是铁，但正是铁制造了人类历史中几乎全部的武器。 你问我：希腊神话是文明的故事呢？ 还是野蛮的故事？ 铁是文明的天使呢？ 还是战争的祸首？ 这一切都是你说的。 假如这些都是你反复思索的结果，你怎么可能把它们忘掉呢？"

我真感到不知该说些什么才好。

南珊的感情已经被少年时代的往事激起了层层波澜，她的声音变得颤抖了："要知道，那都是一些发人深省的话啊。几千年来，人类为了建立起一个理想的文明而艰难奋斗，然而野蛮的事业却与文明齐头并进。 人们在各种各样无穷无尽的斗争和冲突中，为了民族，为了国家，为了宗教，为了阶级，为了部族，为了党派，甚至仅仅为了村社和家族而互相残杀。 他们毫不痛惜地摧毁古老的大厦，似乎只是为了给新建的屋宇开辟一块地基。 这一切，是好，还是坏？ 是是，还是非？ 这样反反复复的动力究竟是什么？ 这个过程的意义又究竟何在？"

我默默地注视着她，眼中满含了泪水。 她那真挚的谈吐又将我带回了那个难忘的林间空地。 我多么希望她就这样讲下去，永远不停地讲下去啊！ 她深深地叹了一口气：

"你的那些话，就是这样深地触动了我，使我想了整整十五年。十五年来，你在我的记忆中模糊了、遗忘了，但你说的那些话在我心中却始终没有淡漠，没有泯灭。为了找到它的答案，我思索了这样久。可是今天当我再一次见到你，希望你能告诉我答案的时候，你却说你忘了，甚至说你根本就没有很好地想过。难道，它不值得一切人都去好好思索一下吗？"

我的感情受到了巨大的冲击，一滴冰凉的泪水顺着我的脸颊滚落下来，但我丝毫也不想掩饰自己的冲动。我用发哽的嗓子说道："我应该……感谢……你的看重，但是我……不能再为你说任何有价值的话……因为只有认真思索过的人，才有权利回答，而我……"

"是的，既然你从来没有很好地想过，当然什么也不必说。"

我深深地吁了一口气："可是请你告诉我……在思索了十五年以后，你究竟……领悟到了些什么，你可能在什么地方……找到它最后的答案。"

她否定地摇了摇头："远不是一切问题都能最后讲清楚。尤其是当我们试图用好和坏这样的概念去解释历史的时候，我们可能永远也找不到答案。"

在我们之间，从此就永远结束了这个难以穷究的题目。但是我却相信，它再也不会有比南珊说得更好的答案。

此刻，落日正迅速地向天边接近。南珊的全身都和我们脚下的巉岩翠顶一样被染上了一层金色。

我想起她的外祖父。很久以来，我一直梦想着有一天能使楚轩吾与我父亲重新见面。

"你的姥爷和姥姥都好吧？一九七六年冬天，我曾到灵隐胡同七十三号去找过你们，但那时你们已经不在北京了。十几年来，我一直希望能重新见到楚老，因为我有一些事情想告诉他。这些事肯定是他非常想知道的。"

"已经晚了。"南珊轻轻叹了一口气，"就在你去的那年，一九七六年一月，我的姥爷和姥姥在宜兴老家相继去世了。当时我正在无锡的医院里，突然接到姥姥病逝的消息。可是当我请假赶回宜兴时，又仅仅赶上和姥爷见了一面。那一年的冬天特别寒冷，两位老人未能掌握好寒暑，都得了很重的感冒……现在，四年已经过去了。"

"老人临终留下什么话了吗？"

"什么也没有说。只是在弥留的时候，要我将他的骨灰与姥姥合葬。"

我深深叹了一口气，知道再也没有希望见到楚轩吾了。

"老人的丧事办得还好吧？"

"还好。当时琛琛也不在家，多亏了乡亲们的帮助……"

"真难得……"我不能再说什么。楚轩吾去世的消息，使我陷入了无边无际的沉思。

"对了，忘了告诉你，我的父亲已经回国了。"

"啊，他在国外的三十多年是怎么过来的？"想到在碾庄突围的苏子明还在，我感到一阵由衷的高兴。

"他跟着李弥逃到缅甸不久，就脱离了军队，重新搞他的电讯专业。 他的专业是由于抗战爆发而中断的。 不久，他便与我母亲一道由香港迁居法国，在布勒斯特一家电讯公司任职。 一九五七年，他在日内瓦见到了国内的老同学，才和我姥爷姥姥联系上。 后来为了让琛琛能在国内受教育，又在五九年通过华沙将他送回了国内。 从一九七一年开始，他一直申请回国探亲，但由于我们一家缺乏政治影响而始终未能如愿。 直到一九七七年，由于侨务政策的变化，他才终于在前年回到了祖国的怀抱。"

"你的母亲呢？ 她没有回国吗？"

"她没有能够回来。 我的姥爷姥姥亡故后，她非常痛苦。 就在那年春天，她以五十五岁的年龄驾车外出，在巴黎郊区死于车祸。 从她生我到她去世，除了一些照片和袖珍电影的片段外，我从来也没有见到过她。 人们常说，在人间，唯有母爱是最美好的。 我却毫无体会。"

她在讲这些话的时候，神色是冷静的，语调是平淡的。但是在那平静的话语中，我却清清楚楚地看到了一颗怀念母亲的痛楚的心。

"那么南琛呢？ 他现在很好吧？"

南珊沉思的脸上这时才浮现出一丝亲切的微笑。 她迅速地看了我一眼，说："他在北京的电厂里当工人，生活得很美满。 去年秋天，中秋月圆的时候，他和一个姑娘在相爱了四年以后结婚了。"

"真好……"

我们一同看着远方苍茫的云海，都不再说什么了。

这时，从月观峰的山坡上远远传来一片欢呼声。 我和南珊一同向那边望去，只见火红的夕阳正悬挂在万里云海上，开始向天空投射出无比绚烂的光辉。 青色、红色、金色、紫色的万丈光芒，像一面巨大无比的轻纱薄幔，在整个西部天空舒展开来，把半个天穹都铺满了。 无边无际的云海，在这美丽天光的辉映下，全部染上了层层深浅不同的玫瑰色，引起了人们的赞叹和惊呼。 奇观开始了。

我们一言不发地注视着那火红的光轮在下沉，下沉，沉向波涛汹涌的云海之中。 我从来没有见过一次的落日像今天这样巨大、浑圆、清晰。 它平稳地、缓慢地，然而却是雷霆万钧地在西方碧青色的天边旋转着，把它伟大的身躯懒洋洋地躺倒下去，沉向宇宙的另一边。 这光轮在进入云涛之前，骄傲地放射出它的全部光辉，把整个天空映得光彩夺目，使云海与岱顶全都被镀上了一层金色。

此刻，整个月观峰在这夺目光辉的强烈逆射中已成为一个漆黑的轮廓。 峰顶上的望亭和山坡上的游人全部成了镶上金边的剪影。 人们就站在那金碧辉煌的天幕上，向着夕阳的光辉做出各种各样的仪态和动作。

他们有的被这壮丽的景色震慑得伫立着，一动也不动；

有的向着夕阳高举双手，发出由衷的赞美和欢呼。 几个外国人和中国摄影爱好者，正紧张地用电影摄影机和照相机拍下这绚丽的景色。 在人群的最边缘，长老宽大的衣袖在晚风中拂动着，上尉则做着种种手势，交谈得十分投机。

我和南珊并肩站在天街中央，静静注视着月观峰和夕阳。 从那边，各种语言的赞美和感叹不断传来。

"着火了……宇宙在燃烧……"

"阿波罗！ 这个伟大的火神……"

"先知普罗米修斯就是从那里面盗取天火的吗？ ……"

"那不是火，是可怕的核子能……"

"火轮……"

"像个大蛋黄，美极了！ ……"

到处感叹不已，到处赞不绝口。 上尉挽住长老，胳膊在金色的天空中画了一个很大的弧形，说了句什么。 长老不以为然地摇了摇头。 远远传来上尉咯咯的快活笑声。

这时，凝固的波涛在天边处突然断裂开来，就像一张猛兽的嘴，开始把血红的太阳吞噬下去。 那垂暮的夕阳似乎知道自己必然还会回来，所以并不流连末路，并不顾盼人间。它毫不理会那些渺小人类的赞美和欢呼，懒洋洋地躺在金色的波涛上，从容不迫地沉入那狰狞的兽吻。 与此同时，它仰着半张通红的脸，傲慢地向天空投射出最后的光辉。 云海开始飞快地变暗下去。

一个穿着紧身皮上衣，扎着宽大腰带的外国女子，在凋残的落日面前好像感到了难以忍受的痛苦。她双手紧紧抱在胸前，紧张地注视着太阳的沉沦。当太阳凋零残破，已经化为几痕血色的时候，她突然抓住烫卷的长发，紧紧地捂住脸，竟呜呜地痛哭起来。

没有人理会她的多愁善感，人们继续向着太阳发出快活的欢叫。

终于，云涛合拢了阴暗的嘴，太阳完全沉没了。

当最后一线晚霞在天际消失的时候，我听到南珊在我身边发出了一声轻轻的叹息。

"它还会升起来的。"我说。

"不，它正在升起来。"

"你是说在他们的国度吗？"

她看着散布在月观峰上的那些外国人："是的。"

"但是在那里，它很快也会下沉。"

"那时，它就会在我们这里升起来。"

"我相信。"我肯定地看着她。

"我也相信。"南珊仰起脸。

我们对视着，交换着会心的目光。

此刻，我的心情是这样平静，好像我已经融入这安谧的黄昏中了。

"但是并非一切事情都能这样周而复始。在十五年前的那个清晨，我们谁也想不到会有今天这样的黄昏，而今天的黄昏又将向我们预示着什么样的清晨呢？"

"这么说，你相信人的生命是不能循环的。"她微笑地看着我。

"我坚信这一点。 你呢？"

"我不能肯定，因为我无法知道生命以后的事情。 但是有一个人却能给你指点另一个世界。"

"是他吗？"

"对。"

我们一同转过脸，向月观峰那边望去。 在渐渐暗淡下去的暮色中，那位仙风缥缈的南岳长老正端然直立在山坡上，听身边的上尉在向他谈论着什么。 而这时，游人们已经开始零零落落地返回了。

"你相信？"我想起她十三年前在火车上讲的话。

她无言地笑了笑。

"十三年前，我在火车上曾听到你讲起过上帝。 也可能，在信仰上你与上尉他们是共同的。"

"不，并不是那样。"她把脸转向我，"在信仰问题上，我们中华民族自己有着更好的传统。 十几个世纪以来，西方的各种宗教像浪潮一样冲刷过中国的国土。 印度的，希腊的，犹太的，罗马的，还有阿拉伯的和拜占庭的，却始终未能征服我们这个民族的心。 中国人那种知天达命的自信和对于生死浮沉的豁达态度，成为中国儒家风范中最优秀的传统之一。 你可能以为我在外国找到了心灵的寄托，可是我的感情却一直更倾向于自己的祖先。"

"这么说，我们的信仰是共同的了？"

"可能吧。"她看着我，嘴角挂着未置可否的微笑。

天空残留着微薄的光明。茫茫无际的云海一失去阳光的照射，便开始喷涌而起，缓缓漫上山顶。凉飕飕的雾气一阵又一阵向我们身上袭来。

外国人夹在中国游客中，三三两两地踏着薄雾走过我们面前。他们大多向我们笑笑，便礼貌地走了过去。但是有一个留着长发的年轻人却径直走到我们跟前，用德语问了一句："可以为你们拍一张照片吗？"然后未等我们回答，他已经后退一步举起了相机。镁光灯啪地闪了一下。

"你的职务不妨碍吧？"南珊笑着问我。

"没关系，"我轻轻回答她，然后又大声用德语重复了一遍："没关系！"

这极不熟练的德语在走过的外国人中引起了一阵善意的哄笑。那个长发的年轻人和我握了握手，向南珊说了声："明天把照片送给你们！"便轻巧地跳下天街，高兴地走去了。

这时，一位穿着深红色短皮大衣的中年女人陪着那个被日落感动得掉泪的年轻女子走了过来，双双在我们面前停下了。

"能告诉我们，他是你的什么人吗？"那个穿着深红色衣服的女人问南珊。

"一位分手多年的朋友。"南珊用英语简短地回答了她，同时亲切地示意我。 我把那位中年女人伸过来的手握住了。

"您真幸福。 要知道南是很动人的。"她说。

"是的，我一直都这样认为，夫人。"我也用英语回答了她。

"祝福您，军官。"

"谢谢。"

那个眼中仍然闪着泪花的年轻女子也走上前来："我也祝福你们。"

"谢谢！"

她们极为亲切地吻别了南珊，也离去了。

当游人几乎全部走尽的时候，南岳长老和波西宁上尉才从南天门慢慢地踱了过来。 这位无所不晓的长老显然已经用他那高雅的风度强烈地吸引了这位年轻的外国军官。 上尉一边走，一边精力充沛地用各种手势帮助他并用不纯熟的英语向凝神细听的长老讲着什么。 我和南珊默默地注视着他们信步前来。

"……在古埃及，它叫阿顿。 在古希腊，它叫阿波罗。在古阿拉伯，它叫阿拉。 不管在什么地方，它的名字总是以第一字母阿开头的。 那么是不是在古代的时候，人们到处都尊它为万物之首？"

"不，在古代的中国，就从来没有什么太阳神。"

"据说中国的太阳神叫夸父？"

"他不是太阳神。 他只不过是一个追逐太阳的神人。"

"难道中国从来没有关于太阳的传说吗？"

"当然有。 中国人传说古时候天上有十个太阳，后来月神的丈夫将它们射下了九个……"

"喔！ 地面上没有起火吗？ 就像……"上尉做了一个轰炸的手势，"凝固汽油弹一样？"

长老笑道："不。 掉下来的不过是九只死去的乌鸦。"

"乌鸦？"上尉大为惊奇，"那是太阳的化身吗？ 那是多么难看的鸟啊！ ……一种……杂食类。"

"然而在古代它却被人们尊为神鸟。 就像蟾蜍……一种很难看的青蛙被尊为月亮的化身一样。"

"为什么？"

"不清楚。 大概以其响亮的叫声吧。"

他们大笑着，在我们面前站住了。 我和南珊向他们点了点头。

长老用和善的目光看着南珊："看起来，你们两个都是头一次上泰山吧？"

"不，在我很小的时候曾经和外祖父母一起来过。"

"那是哪一年？"

"一九五四年，我六岁。"

"老人叫……"

"姓楚，楚轩吾。"

长老的神情中像是有着说不尽的语言。 他点点头，不再向下问了。

"我记得，那时山上的一切都非常陈旧。"

"现在呢？"

"现在到处焕然一新，但却显得浮浅多了。"

"是啊。 不过那时又何尝不浮浅！"

南珊敬重地点了点头："长老，我明白您的意思……"

的确，对于祖国文物的遭遇和民族文化的变迁，南珊与长老是会心的。

"你们刚才在谈什么？"我问上尉。

"太阳神。"

"你们好像有争论？"

他耸耸肩膀："我无法全部听懂他的话。"

南珊笑了："在来路上，你就对全世界的太阳都很感兴趣。 那还是由我来充当这些太阳的中介吧！"

"是的。 我去过爪哇，去过孟买，也去过麦加和耶路撒冷，我到处都看到人们跪在高山和海滩上向着旭日与夕阳高声祈祷。"

"那是很壮观的。"我说。

"也很神秘。"

"那么你呢？ 你自己也崇拜太阳吗？"南珊问。

"我在科学观念上崇拜它对地球的贡献，但在宗教上不是这样。"

"你在宗教上崇拜什么呢？"

上尉指指正在变暗下去的天空："当然是上帝。"

我抬起头看看空空荡荡的天幕。我知道，那里面有无数个由亿万颗日月星辰组成的银河系。但是世界上却有许许多多这样的人，他们之中包括了上尉、长老，或许还有南珊——虽然她绝不会承认——以及绝大多数的人类，却相信在那个由幂数无穷大的光年所维系的引力场的中心，还有着一位至高无上者。这位至高无上者就生存于那个绝对没有空气、水、光线和温度的冰冷阴暗的宇宙中，并且主宰着一切。我从来就没有感觉过那个世界的存在，可是对于他们来说，那个世界却是存在着的。

南珊冷静地看了看他，突然说道："您这样的军官大概都是相信上帝的。但是你们却用手枪打碎了多少无价之宝般的脑袋。"

我惊奇地看到她的神情是严肃的。

"请您原谅，南，我还年轻，并没有参加战争的机会。"

"你会有这个机会的，并且很容易与你现在的朋友在战场上相逢。"她说的显然是我。

"南珊，我希望那是作为盟军而不是作为敌人。"

"是的，"上尉挽住我的胳膊，"你不能预言在我们两国之间会发生战争。"

南珊直视着我们："这不合逻辑。军人之间是天生的敌人，你们的存在就是为了准备在战场上打死那些和你们一模一样的人。"

上尉无可奈何地翘起了小胡子："那也只好听天由命：我

打死他，或者他打死我，因为大家都在尽自己的本分和天职。 不过——"他亲热地搂住我的肩膀，"要是李向我开枪，我会很高兴。"

"要是由你来开枪呢？"南珊坚持道。

"只要他穿着军装，我也很高兴向他射击。 但是对您我却不会。 射击平民是可耻的，射击女士就更加可耻。 不可理解吗，南？"

南珊不动声色地摇了摇头："那是可怕的。"

"是的，那是可怕的。"我听出我的声音在发抖。

这不是死亡的恐惧，而是屠杀的恐惧。 因为我根本没有去想波西宁上尉用微笑的枪口对准我是什么情景。 我想的是我自己，是一幅我在灵隐胡同七十三号的客厅中，用枪口微笑地对准那个默默无言的少女的可怕情景。 这情景是突然在我心中浮现出来的，然而却并不是不可能发生的。 虽然它荒唐透顶。

长老显然不赞成我们三个年轻人进行这种无知的对话。他向着上尉问道："你的太阳神呢？ 你坚持太阳的崇高，可是又不崇拜它。 你对太阳的传说充满了兴趣，却去大谈战争。"

他不满意地摇了摇头，"既然你认为东方文明与西方文明有一个共同的起源，那你就应该证明你是对的。 至于战争，等它打起来的时候再说吧。"

上尉抱歉地将右手放在胸前："对不起，让我们现在就结束这场该死的战争。"

"怎么，你也是一个文明共源论者吗？"南珊好奇地看着他。

"是的，我坚信这一点。我认为人类的一切都起源于太阳。不但整个地球上的生命都不过是转化了的太阳能，而且人类的一切精神文明，也都是以太阳为对象开始的。"

"所以，你认为太阳崇拜是人类原始宗教的共同形式？"

"是的。但是神父却向我断言古代中国绝对没有太阳教。或许，中国的太阳教还没有被发现。"

南珊用肯定的语气说道："上尉先生，我敢说你这种不凭考据而凭坚信的历史观是错了。太阳崇拜在一切民族那里都不是最早的宗教形式，甚至在所有原始部落的图腾崇拜之中，也很少有以太阳为对象的。你在世界各地看到的，不过是很晚才形成的拜火教。而在几种最古老的宗教中，太阳都不占有重要的位置。就说阿波罗吧，他并不是一个上帝，他只是一个众神。更何况希腊神话还只是一系列的神话而已，那还远远不是一个成熟的宗教。"她和善地看着上尉："看来您完全没有了解神的一元性在宗教史上的地位。这是区别宗教与神话的一个准绳。"

长老满意地看着南珊："而且，真正统治着古代埃及的也不是阿顿，而是另一个神——阿蒙。而阿蒙并不是太阳。阿顿的统治地位，只在阿蒙的历史中维持了不到三十年。"

"那阿蒙是什么呢？"

"可能是某一个星辰，但在本质上是一个非常抽象的不变的真理。"

他们的谈话引起了我莫大的兴趣，然而我却难于加入这玄奥的交谈。当然，我完全可以用自然科学的知识对宗教进行驳难，也可以用唯物主义的理论与它争辩，但是我不能谈论它本身，我不可能怀着和他们一样的心情去谈论它的起源、历史、现状，以及它在整个人类文明史中所发生的异常复杂的作用，因为我的宗教知识太贫乏了。对于这个我永远也难于理解的题目，我只能站在一旁，怀着一种钦羡与自愧的心情保持缄默。

"那么，东方与西方的文明是否可能有一个共同的起源呢？"上尉问。

"这有待于考证原始人类是如何迁徙和联系的。"

"这方面的材料不多吗？"

"不多。四十年前，我注意过这个问题的争论。然而四十年来，这方面的发现却几乎毫无进展。"

南珊显然为长老将自己的学识藏之名山而深感惋惜："这四十年如果您是在讲学，不知会唤起多少学生对这个问题的注意。"

长老捋着胡须笑笑："我与学术已经隔绝多年。如果能讲经那倒很好，至于讲学，不会了。"

"神父在说什么？"上尉问。

南珊告诉了他。

"但是请您告诉我，"上尉问长老，"如果不是太阳，那么究竟又是什么对人类文明的产生起了决定性影响的呢？"

长老笑而未答，却转向南珊："你说呢？"

南珊略微想了一下，答道："河流。"

长老再一次满意地点了点头。而我马上也明白了。

南珊向上尉说道："河流几乎哺育了世界上全部最古老的文明。如果没有恒河，就不会有古印度；没有尼罗河，就不会有古埃及；没有幼发拉底河和底格里斯河，就不会有古巴比伦；而没有黄河，也就不会有古中国。没有河流，就没有农业，也就不会有民族文明的形成。所以，在那样多的考古发掘中，尽管类人猿的踪迹几乎遍布旧大陆，可是当原始人类进入新石器时代以后，人们便在各条最伟大的江河流域定居了下来。上尉，人类文明的起源是一个非常复杂的问题，但是有一点却可以肯定，这就是在人类文明的发生和发展上，河流比太阳起了更直接的作用。"

上尉像任何认真的提问者一样，本能地寻找着这答案可能存在的漏洞："那么古希腊呢？要知道欧洲唯一的一条大河是多瑙河，而它离巴尔干的南端还很远。是哪条河流哺育了古希腊的文明呢？"

南珊毫不犹豫地答道："是地中海。地中海哺育了克里特岛的米诺斯文化。不过这个晚得多的文化不是一个农业文明而是一个商业文明，它是作为联结几个伟大的最古老文明的纽带而存在的。希腊人的成就繁荣而巨大。然而发人文之端的，不是他们，而是早已灭亡的巴比伦人、古埃及人、古印度人，以及至今犹存的中国人。"

长老异常慈祥地看着她："你不再坚持东西方文明的共同起源了吧？"

南珊却笑了起来："正相反，我们自己倒全部成了同源论的信徒了。不过我们坚持的不是天上的火，而是地上的水。"

上尉的神情早已变得非常谦逊和肃穆。他自语般地喃喃而言："了不起的中国人！自从踏上你们的国土，我就为你们这个民族的优美性格惊叹。而现在，我终于信服了你们的伟大祖先遗留给你们的天然禀赋！"

"您认为我们这个民族有着什么样的天然禀赋呢？"

"庄重、礼貌、文雅、博学，每个人都像是一个学者。南，我钦佩你的聪慧，更崇敬神父的渊博！"

南珊笑着将上尉的意思转告给长老，老人爽朗地笑了起来。

我默默地注视着他们这水乳交融般的谈话。这是三个多么不同的人啊！他们属于不同的民族，有着不同的语言，不同的传统，不同的年龄，不同的性格，不同的身份和不同的经历。而且他们的信仰也是多么的不同。然而却有一种无形的力量使他们热烈地聚合在一起，彼此襟怀相见，谈得这样投机。这是一种什么力量？我凭我的直觉意识到，那力量是简单而坚实的。这就是：对于真理的共同追求，对于正义的共同热爱，对于人类文明的共同景慕，以及对于世界未来的共同责任感，这使他们在心底深处感到彼此是同样的人。 我看着在交谈中侃侃而言的南珊，心中开始产生一种异常深刻的感觉。 我好像突然发现我一向以为只是洁身自好的南珊，实际上完全不是一个孤身独处在这个世界上的人。不，她并不孤独。 在这个世界上，她除了用自己沉静的善意和诚挚的胸怀与身边的一切人都相处得很好以外，还有一条心灵深处的纽带，使她与这样一种人紧密地联结在一起。 这种人广泛而众多。 虽然他们分散在这个广大的世界上，但是同样一种风尚，一种人类所固有的正直、理智、善良和刚毅的崇高风尚却在他们的身上形成了一种永远也不可战胜的力量。 正是由于他们的存在，才使得这个世界显得充满了希望。 在他们之中，萃集了人类多少优秀的精华啊！

是的，南珊并不孤独。 她是生活在他们之中的。

现在，太阳已经带着它的全部光辉旋转到了世界的另一面。 不知不觉中，我们四个人和整个泰山都一起沉浸在了弥漫的夜雾之中。

"李，"上尉亲切地拍拍我的肩，"为什么不参加我们的交谈？"

"我不能。 你知道，任何宗教对于我都是陌生的。"

"唔！ ——你是共产党员吗？"

"在我们的国家中，全部军官都是共产党员。"

他用友好的眼神看着我："我很高兴。 我钦佩共产主义者们。 我认为你们是人类中另一部分充满了理想和献身精神的人。 当然，你们相信阶级斗争的学说，而我们相信伦理与道德的力量。 但不同的意识形态不应妨碍我们互相谅解与合作。 那么，让我们在和平的事业中为保卫人类文明而携起手来吧，上帝和马克思大概都会同意在我们这一代不发生冲突。"

我诚恳地笑道："恐怕你低估了我们的战斗性。 但是尽管阶级斗争的学说在我们的纲领中根深蒂固，今天我仍然要说：但愿如此。"

南珊看了我们一眼："也可能，将冲突拖到下一代会更糟。"

"我想那是难免的。 我们这种人，"我指指上尉和我自己，"就正在为那一天的来临而时刻准备着。"

"李！ 还是相信人类理智的力量吧。"

理智？ 整个人类的历史都不是用理智写成的。 不过我不想再去发挥自己的思想而使上尉失望了。"天随人愿吧！"我说。

除了长老对于战争保持绝对的缄默，上尉、我，和南珊一起笑了起来。 我不知道南珊在笑声中想到了什么没有，但我在自己的笑声中却绝不认为事实还会和这种谈笑一样轻松。

终于，上尉看了看自己的手表，说道："真对不起，我应该向你们告辞了。"

我也看看自己的表，已经是九点整。

上尉和善地看着我："李，离开中国以后，我可以和你联系吗？"

"真抱歉，这不可能。但请你相信，认识你我是非常高兴的。"

他完全能理解我的职务的性质："那就让我们在这个星球的两端永远做朋友吧。"

"我衷心地赞成。"我们伸出手，紧紧地握住了。

上尉又带着十分敬重的神情转向长老，向他说道：

"尊敬的神父，我在这神话般的高山上认识了您，使我深感幸运。您将是我终生不能忘怀的一位长者。如果说，南像那黑龙潭的流水一样清澈的话，您就像这座中国的奥林匹斯山一样崇高。将来会有一天，我要拿起笔来写下在中国的印象，那时候，请您允许我在我的著作中向您祝福和致敬。"

长老没有说任何谦逊和致谢的话，他只是深沉地看着上尉，合起双掌，用一句任何一个外国人都难以理解的话回答了上尉那感人的致辞：

"阿弥陀佛……"

南珊深情地看了看老人，向上尉解释道："这是佛教中的一位福神。祷念他的名字，是中国一句古老的祝福吉祥的话。"

上尉受到了深深的感动。他把一只手放在胸前，虔诚地低下头，也说了一句同样简短而难解的欧洲古老成语。

南珊说："上尉愿神保佑我们大家。"

我们都不再说什么，默默地目送着上尉转身走去。他大步踏上了通向宾馆的小道，在暮色中消失了。

长老转身看着我们，问道："我不知道在你们的生活中发生了什么事情。假如我没有看错的话，你们曾经可以得到一种幸福而没有得到。现在，你们为失去它而感到痛惜。是这样吗？"

我和南珊怆然默视着他，什么话也无法说。

"我看得出来，你们都是很好的人。生活的蹉跎坎坷是任何人都会有的，但是一个人只要正直而坚强、善良而聪慧，这就好。年轻人，一个超凡脱俗，心无一累的人，他没有痛苦，也没有幸福。而一个事事满足的人，也会在永恒的幸福中沉寂。只有痛苦与幸福的因果循环，才造成了丰富的人生。李淮平，生活对你是仁慈的。我想，某些无情的事总会给你带来一些教益。愿你在想到这一点的时候，心灵能有所慰藉。"

这些话对我是宝贵的，尤其是当我的感情这样不稳的时候。我感激地点了点头。

"你今夜如何置处？"

"只有拜托您了。"

"那好，到时务必向我那里归宿。"

我感激地点了点头："谢谢。"

长老最后无比深情地转向南珊：

"上尉说，你叫南珊？"

"对。"南珊敬重地点了点头。

"山岳的山？"

"不，珊瑚的珊。"

长老颔首注视了她一会儿，然后说道："你是个好孩子。我相信，你的道路会是走得最好的一个。"

南珊用极为感动的眼神看着长老，但什么也没有回答。

长老不再说什么，他合起双掌表示了祝福和告辞，便踏着夜雾沿天街向碧霞祠走去。他那飘然的身影，也在苍茫的夜雾中消失了。

岔路口上，重新剩下了我和南珊两个人。

一轮圆月，悄悄地在弥漫的雾霭中浮现了出来，向山顶投射出银色的光辉。

我看着静静伫立在那里的南珊，感情的浪潮开始剧烈地冲击着我的胸膛。从她那冷静的神态上，我好像已经感觉到，她正在等待着与我告辞。而辞别以后，她便将永远消失在这个世界上。那时，我将再也看不到这个在我的人生中留下了多少难忘往事的南珊了。然而我却找不到任何合适的话向她说。

南珊慢慢转过脸，眼中闪动着明亮的光泽看着我，等待着我说什么。这使我鼓起了勇气。

"南珊。"

"嗯？"

"这次分手以后，我们还再见面吗？"

她静静地摇摇头，温和而肯定地说："我想，不会再见面了。"

"为什么？"我的心受到了轻微而有力的一击。

"到今天为止，我们已经有过四次巧遇。这样的巧遇还可能更多吗？"

"如果我们相约呢？要知道，我们应该有四百次见面的，但我们都失去了。"

"我们都已经不是青年人了。在这样的年纪，你认为约会还是合适的吗？"她的声音中带着几乎觉察不到的微笑，但我知道那微笑是做作的。

"不，你应该再见到我。因为我有许多话要向你说，有许多事情要告诉你。"

"我不认为那很重要。"

"可是你并不知道我想告诉你些什么。关于……"

"但我知道那并不是必须说的事情。"

"所以，你根本不打算再听我说什么了？"

她看着我："是的。"

一种难过的感情袭击了我的心头，我无法再抑制自己的冲动，声音变得急促了：

"不，这不可能！这不是你的心里话，这拒绝对你自己也是一样的无情！南珊，你从前受过我那样的对待，难道你连一个歉意的表示都不想看到吗？ 这不可能。 那天，我清清楚楚地看到你哭了。 这是什么？ 是你感情淡漠的证明吗？ 不，正相反。 你为什么要这样压抑你自己呢？ 不要再继续这样做了，解放自己的心吧！ 楚老也这样为你担过心的。 更何况我要告诉你的，是你们家族……"

感情激起的层层波澜，使她难过地低下了头。 她打断了我的话："你不要再说了，我什么也不需要听。"

"恨我们吗？"

"不！"

"轻视我们？"

"也不。"

"那么是厌恶？"

她仍然摇摇头："更不。"

"那到底为什么？"

她重新坚强地抬起头来，勇敢地直视着我的眼睛："三十三年前，也就是一九四八年冬天，在你和我出生的那个时候，我的外祖父曾经在淮海战场上做过你父亲的俘虏。 这些话，你原来打算告诉我姥爷的，现在则打算告诉我，是吗？"

我被这出人意料的话问住了。 她竟一语道出我等待了十几年想要告诉她的事情。

"关于我舅舅的处死，关于我父亲的突围，关于我姥爷的投降，所有这一切，都是我姥爷自己告诉你的，你今天又打算告诉我。 你难道从来就没有想到过，这些人都是我的亲属，而这些事都是我的家事，这样一些难忘的家族历史，你能知道而我自己竟会不知道？ 你认为这是合乎情理的吗？"

我无言以对。

"你应该知道，这些历史对于我们这个家庭来说是悲惨的回忆。 我们不能忘记它，但也不愿常去提起它。 尤其是在外人面前。 我的外祖父有着沉痛的一生，他的后半生完全陷在懊悔与沉思之中。 所以那天晚上，当你追问他过去的那些历史时，你可能根本无法体会，那对人的心灵是一种什么样的折磨。 对于这些情况，我知道得太多了。 你不能体会，我是多么同情这个老人。 这并非由于我是他的外孙女。不，我是站在一个晚辈的立场上来看待过去的人们的。 我的长辈们曾先后走向革命——排满，讨袁，护法，北伐，一直到内战。 他们轻生躁进，至死不渝，却先后自相攻杀，沦落歧路。 这段历史太沉痛了。 它与你父亲的辉煌历史是根本不同的。 当你把这两种历史联系到一起的时候，你是在抚摸未愈的创伤。 所以，我请求你，历史过去了，让我们把它记在心里——永远记住。 只是最好不要再去提它，免得刺痛一些无辜的心。"

我不能再提此事了。 但是我仍然不能不解除自己的疑惑："可你怎么会知道我的父亲呢？ 你怎么会了解到楚老说的恰恰是我的父亲呢？"

南珊看着我："你也真是。 你以为你那天作为李参谋长的儿子表现得还不充分吗？ 当时，你那么急切地追问战场上的细节，在听到你父亲的种种情况时又是那么的兴奋。 再加上你们父子间相貌上的酷似，都使外祖父渐渐省悟到了这一点。 但是他并没有想到要利用这一点来中止你们的查抄。这件事给他带来的只是更深的痛苦，因为他感到共产党人可能永远也不会谅解他了。 那一夜你们走后，我们全家人的心情都很乱。 但是外祖父仍然向我们追述了他和李参谋长的那一段历史，并说出了你可能是他的儿子。 当时我默默地听着，并把这一切都牢牢地记住了。 你知道的，这巧合在我又更多一层。 不过我却始终没有告诉姥爷我早已认识你。 这种巧合，在你的生活中可能是件很有趣的事情，但对于我们可远远不是这样。"

我深深叹了一口气："真想不到，我等待了十几年要告诉你的事情，你只比我晚知道了几个小时。 关于我，老人有什么表示吗？"

"他倒是很看重你，称赞你胆大敢为，刚直果断，认为你是个值得器重的年轻人。 但他说在你身上看不到你父亲当年那种沉稳持重和虚怀若谷的风范。 他说你阅历太浅，城府不深，甚至担心你在真的走入生活后会消沉起来，因为你那种锋芒毕露的作风太容易被击中了。 你后来果真是那样吗？"

"是那样的。 楚老的预言完全对……"

"那可真有意思。"南珊的眼睛在月色下又闪现出她特有的那种光芒。 这笑容几乎和她十五年前在树林中时那种天真的得意神情一模一样。"不过那时他对你的最大担心，还是他看出一种迹象，就是你们那样狂热地投身于自己毫不了解的事业，未免太轻率了。他叹息说，辛亥以来，有许多热血青年都是这样投身于各种各样的政治潮流中去的，结果却是国家在整整半个世纪中陷于不断的战乱。他说，我们这个国家走向稳定非常不容易，但愿你们的不慎不至于又给国家铸成大错。现在看起来，他的这个担心倒是多余了，但他的心愿总算没有落空。"

听了这些，我对楚老的胸怀深为感动。

"可是南珊，虽然我要说的事情你都已经知道了，但我的心情你却不能体会。我并不是一个铁石心肠的人。你应该理解，那件事，就是那次抄家，它对于我一直都是一个不小的折磨。你应该给我一个解脱的机会。"

她真诚地看着我，轻轻叹了一口气："真想不到，你把那些微不足道的事情看得这样沉重。其实，如果公正地看待你们的话，我更感激你们。在那个时候，当整个社会都被敌视和警惕武装起来的时候，你们能那样对待我们一家人，应该说是很难得了。真的，你在那件事中给我的印象是相当好的。毕竟，你是抛弃了自己的一切在为理想而战斗，虽然它并不正确。"

"不，这不是真话。我相信你没有怨恨，这你大概还没有学会，但是我却不能相信你没有痛苦。要知道，那是什么样的冲击啊！家庭被侵犯了，生活被破坏了，感情受到了蹂躏，尊严受到了践踏……而且，我看到你落了泪！ 南珊，我要求你，丢掉你的宽容，拿出你应有的哀怨和愤怒来！ 无论是在法律上还是在道义上，你都有这样的权利，这样我也会好受一些。"

"破坏的，可以恢复；撕碎的，可以弥合。 你以为那样一次冲击，就能使人永远不息地悲伤下去吗？"

"能的！ 多少人都是这样留下了永远也医治不好的创伤。 抄家，那仅仅是抄家吗？ 那些印满私人情感和家庭往事的财物，一去不返……是我们破坏了你们生活的宁静，是我们使你再也不能重温故居，重睹旧物……"

她再一次笑起来："别再说傻话了。"

现在，我只有缄口不言了。 我已经看出来，虽然我自己的情绪从那次抄家以后就一直陷入痛苦的波澜中，可是南珊却在第一次冲击以后就镇静了下来。 不，她并不需要任何抱歉和悔恨的表示，因为她的心从来就不曾在那件事情上徘徊过。

雾气夹杂着冰凉的细小水点一阵又一阵向我们脸上扑来，月亮在弥漫的夜雾中时隐时现。

我们沉默着。 从宾馆那边，远远传来一阵笑声。 大概是那群外国人在宾馆门外与一群中国游客欢聚了。

南珊向那边看了一眼，轻轻说道："淮平，我们分手吧。"

我心中一阵惘然："现在？"

"对，现在。"她在迷蒙的月色中温和而亲切地看着我，把手伸了过来。

我茫然地伸出手，十五年中第一次，也是平生第一次，把她的手紧紧地、紧紧地握住了。当我接住并握紧这只温暖的手时，我的心被深深地震动了。这是我未能得到，并且即将永远失去的她——那个少女和成年妇女的南珊所给予我的第一次友情的表示。我的心剧烈地颤抖着，久久无法把她松开。

她被我的情绪感染着、震动着，顺从地把手留在我的手里，难过地低下了头。

"南珊！"我努力镇静着自己的声音，"十三年来，我在各种各样的情况下想起过你。有时，你使我坚强起来，有时你使我更加软弱……你要知道，我多么想成为你的朋友，然而我却没有能……"

"我已经承认了你是我的朋友。在刚才。"她的眼睛仍然看着附近的地面。

"可是你却拒绝和我再见面。"

"那有什么益处呢？"

"因为我渴望着有一天，"我斩钉截铁地说道，"我能成为你人生道路上的终身旅伴！"

南珊慢慢地抽回了手，抬起头来，用温情而责备的眼睛看着我：

"你错了，淮平。你应该看到，我们之间的一切都已经过去了。 我们少年相识，中年重逢，这中间隔了整整一个青年时代。 许多只能在这个时代发生的事情，都已经随着这个时代的过去而永远过去了。 因此，你和我都应该面对这个现实。 是的，我们之间有过三次难忘的会面，但三次却不是百年。 不是百年，你明白吗？ 既然那些往事并没有成为我们美好未来的基础，那么我们何必一定要苦苦地纠缠它呢？ 要知道这笔痛苦的夙债对我们的精神是个多么沉重的负担！ 淮平，把一切都忘掉吧。 要不是突然在这里又遇到你，我本来已经把你忘记了。 所以请你接受我的劝告：把我也忘掉。 为了忘掉那些往事，真的，我们以后再也不要见面了……"

"不，我不能！ 南珊，与你的结识对我的影响是不可磨灭的。 这使我不可能、也不应该把你忘掉。 你难道真的没有意识到吗？ 你的出现，完全改变了我的生活。 我不能！我不能忘掉这样一个人，她的出现和我对她的做法，使我把人生最宝贵的幸福永远地失去了。"

"你指的是什么？"

"爱情。"

爱情！ 在我们相识了整整十五年以后，一直到现在，我才在我们之间第一次真正想到并说出了它。 而当我在突然之间把它说出来的时候，这个甜蜜而无情的字眼把两颗早已不再年轻的心一起深深地震动了。

南珊呆呆地看着我，眼睛在月光中闪着隐隐的泪花。

我什么也不能再说，怀着复杂的心情与她那双泪水晶莹的眼睛对视着，等待着她可能说出的任何回答。

但那泪水已经永远不会再掉出来，它迅速地消失了。

"淮平……"

"我在等你的回答。"

"不，不是什么回答。我是要否定你的人生信念。对于你来说，那个信念太庸俗了。"

我从心底里心甘情愿地听到她这样的评语。恐怕再没有任何一句话能比这样的回答更使我的心感到亲切与平静了。

"南珊，你说吧。"

"看来，你和那些庸夫俗子一样，认为情投意合的恋爱是人生最大的欢乐，而缠绵悱恻的婚姻是人生最大的幸福。不，你们错了。人生，就和整个人类历史的进程一样，是一个各种各样的复杂内容交替出现的漫长过程。在不同的阶段，便有不同的主题。我这样说，你能明白吗？在不同的历史阶段中，人类曾经创造了完全不同的文明：原始的传说、远古的神话、中古的宗教、近古的文学和现代的科技。这些遗产都是同样灿烂夺目的，照耀着人类的幼年、童年、少年、青年和成年。它们装点并充实了各个不同的时代，甚至过去了几千年还令我们倾慕和神往。但是，如果我们颠倒它们，比如在今天还去编造原始时代的神话或者中世纪的颂神诗，那就显得荒唐了。人生，也正是这样。人在自己一生的各个阶段，是有各种各样的内容的。它们能形成完全不同的幸福，价值都是同样珍贵和巨大。幼年时父母的慈爱，童年时好奇心的满足，少年时荣誉心的树立，青年时爱情的热恋，壮年时奋斗的激情，中年时成功的喜悦，老年时受到晚辈敬重的尊严，以及暮年时回顾全部人生毫无悔恨与羞愧的那种安详而满意的心情，这一切，构成了人生全部可能的幸福。它们都能给我们带来巨大的欢乐，都能在我们的生活中留下珍贵的回忆。怎么能说只有爱情才是最宝贵的呢？不错，贞洁的爱情对于年轻人的心是温暖而甜蜜的，甚至是崇高而神圣的，但它毕竟不是人生幸福的全部内容。在很多人那里，勤奋的创造和充满激情的奋斗给他们带来了更巨大而且更持久的幸福。在那浩瀚的书海中，对他们的描写还少吗？任何一个有抱负的人，对于你来说，就是任何一个有志气的男子汉，都不应该不注意到这一点。也可能，你由于生活的激流转折得太急促而失去了青年时代的爱情，但是你并没有失去全部的人生幸福，也没有失去最大的。这就要看你是一个什么样的人，对于人生把什么事情看得最重要。长老说的是对的：痛苦与幸福的因果循环，才造成了丰富的人生。谁能得到那全部的幸福呢？不，没有任何一个人。我们在自己曲折的人生中常常由于得到这一个而失去那一个。现在，你把青年时代的幸福失去了——其实，失去这种幸福的人太多了——那么，你们的中年呢？淮平，你必须把那个使你庸弱的信念丢掉才行！青春是最美丽的，但并不是最宝贵的。在一个有所作为的人那里，壮年和中年才是真正的黄金时代，因为你在这时才真正地成熟了。我们的祖先说过：

春华而秋实。 现在，就正是你人生的秋天，这是一个果实累累的季节。 它可能没有了花朵，但它却有着多么丰硕的收获。 准平，鲜花失去了，果实比它更好，爱情凋谢了，激情却更鼓舞人。 你说呢？"

我眼中早已满是泪水。

我不能再用任何缠绵的语言来回答她这样坚强的意志，我不能再用任何无力的举止来面对她这颗火热的心灵！ 南珊，她在我心中已经不再是一个名字和一个人，而是一种信念，一种对于我的人生正在发生无比巨大的影响力的崭新的信念！

我听任一颗泪水冰凉地挂在我的脸颊上，但我的心却是严肃而坚定的。

"南珊，我会把你的话……和你……永远记在我的心中，永远，永远……记在心中！ "

她不再说什么，无言地伸出手，再一次和我紧紧地握住了……

雾，更浓了。 月亮在弥漫的天空中只映出一块微黄的亮影。

"南珊。"我注视着她。

"嗯？"她抬起头来。

"有一本书，你还记得吗？"

她闪动着眼睛："记得。"

"现在，这本书已经是你母亲的遗赠了。 十五年来，我一直珍藏在身边。 如果你希望我还给你，我……"

"不，留给你做个纪念吧。"

我心中又涌过一层热浪："谢谢你，南珊。"

她的手与我的手紧紧握了一下，终于松开了。 我的手心又感觉到了夜雾的凉意。 她慢慢地后退了一步。 我向她庄重地把手举到了帽檐上。

"再见。"她微微低了一下头。

"再见。"我注视着她。

她没有再看我，慢慢转过身，走下了通向宾馆的小路。她在昏暗中迈着轻盈的脚步，踏着秋草，很快消失在苍茫的夜色中。 当她在我的目力已经无法达到的地方踏上了宾馆的台阶时，在那远远的谈笑声中又响起南珊平静的声音。

这声音是多么的熟悉啊！ 十五年前，就是这个声音，使我对当时还是少女的她获得了第一个印象。 而十五年后，当已经中年的她终于走去的时候，她留给我的，仍然是这个声音——一种我并不能完全听懂的语言。

我独自一人站在天街的岔口上，透过重重夜雾注视着南珊消失的地方，什么也不想。 但我的心是平静、安详，而且充满了力量的。

从此，南珊便一去不复返地从我的生活中走去了，而她在十五年中所留给我的一切回忆和我那少年之梦的一切憧憬，也都随着她一起走去了。 是的，往事已经过去，从今天开始，我们的视野应该转向更加广阔的未来。

　　我好像对自己的少年时代作最后的回顾一样，长久地注视着沉沦在夜雾中的宾馆。 此时，天地间的一切都是这样的安详、这样的悄静。 这山峰，这月空，这漫漫雾夜仿佛都在和我一起倾听着那渐渐远去的声音。 不，这声音不是在远去，而是正在响起来。 它高渺，但是清晰；它轻柔，但是响亮。 就在这遥远而又熟悉的声音中，我好像又听到了：

　　……王冠……命运……宝剑……

　　　　　　　　　初稿　一九七六年十一月

　　　　　　　　　再稿　一九七七年

　　　　　　　　　　　　一九七八年

　　　　　　　　　　　　一九七九年

　　　　　　　　　定稿　一九八〇年九月

是哲理，也是证词

——评《晚霞消失的时候》

孟繁华

　　《晚霞消失的时候》是一部文字优美、有鲜明抒情风格和浪漫气息的作品，是一部充满了理性思考又有独立品格的作品。 它体现了作者的文学才能和艺术想象力，在某种程度上体现了那一时代文学创作的水准。 小说创作于1976年，此后四年四易其稿，最后定稿于1980年。

　　这虽然是一部充满了理性思考的作品，但也是以人物和故事作为小说基本结构的小说。 在一个春意盎然的清晨，主人公李淮平和南珊在树林晨读中不期邂逅，他们都是十六七岁的中学生，南珊"聪明而清秀"，她的举止言谈温文尔雅、友善平和，这些内在气质都表达了她所具有的教养；而李淮平则出语粗俗、野蛮霸道，流露出干部子弟常见的优越感和顽劣之气。 一场恶作剧之后，他们却讨论了一场远非他们有能力把握的"文明与野蛮"关系的问题。 不久，"文明与野蛮的冲突"终于发生，李淮平作为红卫兵的领袖，带领红卫兵抄了国民党起义军官楚轩吾的家，原来南珊竟是楚轩吾的外孙女。 在对楚轩吾的审讯中，李淮平又得知了楚轩吾原来是自己父亲李聚兴手下的降将。此后，李淮平成了海军军官，南珊则由一名知青而后当了翻译。十几年过后，世风大变，李淮平依然如故，虽心存苦痛但仍自信无比；南珊则历尽沧桑，不再有"坦率的谈吐和响亮的笑声"。

这显然是一个感伤的故事，一个极具悲剧意味的故事。一场动乱改变了南珊的命运，使她原本可以预知的未来变得千疮百孔，心灵犹如千年古潭；那位"淳厚正直"的原国民党将领楚轩吾，曾深深忏悔过个人的人生选择，而动乱又使他的痛苦雪上加霜；李淮平虽然是历史的宠儿，但他却同样因此付出了代价。小说开篇两个少年讨论的关于"文明与野蛮"的问题，并没有因十几年过去而得出结论，反而变得越加扑朔迷离。

《晚霞消失的时候》虽然带有那代"思想家"们理性思考的普遍特征，大段的议论时常从人物口中喷薄而出，但由于作者所具有的对艺术的感悟和把握能力，仍然使作品的人物鲜明可感，没有让空泛的议论冲淡其艺术感染力。小说最为成功的是南珊与楚轩吾两个人物的塑造。南珊从一个清纯美好的女孩变为一个"永远改变了她的音容笑貌"的中年女性的秘密，显然不只是时间，她经历过的毁灭过程和她心如止水的冷漠，比任何声色俱厉的控诉都要深刻得多，它从人性的角度无声地表达了野蛮对文明毁坏的后果。当人的尊严被剥夺后，要修复心灵的伤痛是多么困难，失去了对生活和未来的信念，才预示着危机的真正出现。正是在这一点上，

《晚霞消失的时候》体现了"伤痕文学"所能够达到的思想深度。

楚轩吾是一个争议颇大的人物，其原因大概出于作品对脸谱化、公式化的超越。在传统的文学作品中，国民党将领几乎就是杀人如麻、声色犬马、抢男霸女的同义语。而这里的楚轩吾却"淳厚正直"、处乱不惊，既能理性地直面自己的过去，又有个人尊严。他似乎超越了"阶级"的界限，同样具有"普遍人性"的一个人物。他引起了许多人愤然的指责。然而，也正是在这一点上，礼平做出了可贵的探索，他一改流行的处理方法，塑造了一个真实可感的人物。

按照作者的说法，"如果说我写《晚霞消失的时候》，寄托了某种思考的话，那便是集中在对于'文化大革命'及其'红卫兵运动'的反省"。这样，作者不仅要通过南珊的命运及其性格的改变来实现这一目标，同时他无可避免地要写到这一运动的参与者李淮平。因此，小说既可以看作一部老红卫兵的忏悔录，又可以看作那个肆虐时代的证词。

图书在版编目（CIP）数据

晚霞消失的时候/礼平著；孟繁华主编. —郑州：河南文艺出版
社，2018.8（2021.4 重印）
（百年中篇小说名家经典／何向阳总主编）
ISBN 978-7-5559-0582-0

Ⅰ.①晚… Ⅱ.①礼…②孟… Ⅲ.①中篇小说-小说集-中国-
当代 Ⅳ.①I247.5

中国版本图书馆 CIP 数据核字（2017）第 262117 号

选题策划　陈　杰　杨彦玲
责任编辑　王　宁
书籍设计　刘运来
责任校对　丁淑芳

晚霞消失的时候
WANXIA XIAOSHI DE SHIHOU

出版发行　河南文艺出版社
本社地址　郑州市郑东新区祥盛街 27 号 C 座 5 楼
邮政编码　450018
承印单位　河南瑞之光印刷股份有限公司
经销单位　新华书店
开　　本　787 毫米×1092 毫米　1/32
印　　张　7.25
字　　数　121 000
版　　次　2018 年 8 月第 1 版
印　　次　2021 年 4 月第 2 次印刷
定　　价　25.00 元
